离婚指南

苏童 著

人民文学出版社

图书在版编目(CIP)数据

离婚指南/苏童著.—北京：人民文学出版社，2018

(中国中篇经典)

ISBN 978-7-02-014220-0

Ⅰ.①离… Ⅱ.①苏… Ⅲ.①中篇小说-小说集-中国-当代 Ⅳ.①I247.5

中国版本图书馆CIP数据核字(2018)第086082号

责任编辑　甘　慧　杜玉花
装帧设计　汪佳诗
封面绘画　林　田

出版发行　人民文学出版社
社　　址　北京市朝内大街166号
邮政编码　100705
网　　址　http://www.RW-cn.com

印　　制　山东临沂新华印刷物流集团有限责任公司
经　　销　全国新华书店等

字　　数　100千字
开　　本　890毫米×1240毫米　1/32
印　　张　6.125
版　　次　2018年10月北京第1版
印　　次　2018年10月第1次印刷

书　　号　978-7-02-014220-0
定　　价　45.00元

如有印装质量问题，请与本社图书销售中心调换。电话：010-65233595

目录

001
离婚指南

069
刺青时代

119
妻妾成群

离婚指南

整整一夜，冬季的北风从街道上呼啸而过，旧式工房的窗户被风力一次次地推搡，玻璃、木质窗框以及悬挂的腌肉持续地撞击着。对于失眠的杨泊来说，这种讨厌的噪声听来令人绝望。

房间里有一种凝滞的酸臭的气味，它来自人体、床铺和床铺下面的搪瓷便盆。杨泊闻到了这股气味，但他懒于打开窗户使空气流通起来。杨泊这样一动不动地躺了一夜，孩子在熟睡中将一只脚搁到了他的腹部，杨泊的一只手抓着孩子肥厚的小脚，另一只手揪住了自己的一绺头发。他觉得通宵的失眠和思考使他的头脑随同面部一起浮肿起来。在早晨最初的乳白色光线里，杨泊听见送牛奶的人在街口那里吹响哨子，一些新鲜活泼的人声市声开始了一天新的合奏。杨泊知道天亮了，他该起床了，但他觉得自己疲惫不堪，需要睡上一会儿，哪怕是睡五分钟也好。

先是孩子醒了。孩子醒来的第一件事情就是大声啼哭，于是朱芸也醒了。朱芸的身体压在杨泊身上，从床下抓到了那只便盆，然后朱芸坐在被窝里给孩子把尿。便盆就贴着杨泊的脸，冰凉而光滑的。他听见朱芸嘴里模拟着孩子撒尿的声音，她的嘴里的气息温热地喷到杨泊脸上，类似咸鱼的腥味。杨泊睁眼在妻子身上草草掠过，朱芸的头发散乱地披垂着，粉绿色的棉毛衫腋下有一个裂口，在半明半暗的晨光中她的脸色显得枯黄发涩，杨泊不无恶意地想到了博物院陈列的木乃伊女尸。

你该起床了，去取牛奶，朱芸瞟了眼桌上的闹钟说。

杨泊朝外侧翻了个身。这句话也是他们夫妇每天新生活的开始。你该起床了，去取牛奶。几年来朱芸一直重复着这句话。杨泊突然无法忍受它的语调和内涵。杨泊的脚在被子下面猛地一蹬，他说，我要离婚。朱芸显然没有听清，她开始给孩子穿棉衣棉裤。朱芸说，我去菜场买点排骨，你马上去取牛奶，回来再把炉子打开，听清楚了吗？

我要离婚。杨泊把脑袋蒙在被子里，他听见自己的声音很沉闷，语气却很坚定。床板咯吱咯吱地响了一会儿，朱芸走出了房间。她打开了有线广播的开关，一个女声正有气无力地播送天气预报。关于最高温度和最低温度，关于风力和风向，关于渤海湾和舟山群岛的海浪和潮汛。杨泊不知道这些东西和他的生活有什么联系，他也不知道朱芸为什么每天都要准时收听天气预报。现在他感到了一种深深的倦意，他真的想睡一会儿了。

大约半个钟头以后，朱芸拎着菜篮回家，看见孩子坐在地上，将糖果盒里的瓜子和水果糖扔得满地都是，而杨泊仍然没有起床。你今天怎么啦？朱芸愠怒地走过去掀被子，你不上班吗？你不送孩子去幼儿园啦？她的手被杨泊突然地抓住了，她看见杨泊的头和肩部从被窝里慢慢升起来，杨泊的眼睛布满血丝，一种冰冷的陌生的光芒使朱芸感到很迷惑。

我要离婚。杨泊说。

你说什么？你是在说梦话还是开玩笑？

说正经的，我们离婚吧。杨泊穿上假领，浊重地舒了一口气，他的目光现在停留在墙上，墙上挂着一幅彩色的结婚合影。杨泊的嘴角浮现出一丝暧昧的微笑，他说，我想了一夜，不，我已经想了好几个月了，我要离婚。

朱芸抓住棉被一角怔在床边，起初她怀疑地看着杨泊脸上的表情，后来她便发现杨泊并非开玩笑，朱芸的意识中迅速掠过一些杨泊言行异常的细节。一切都是真的。朱芸脸色苍白，她看着杨泊将他汗毛浓重的双腿伸进牛仔裤里，动作轻松自如，皮带襻上的钥匙叮叮当当地响着。朱芸扬起手朝杨泊扇了一个耳光，然后她就呜呜地哭着冲出了房间。

自从杨泊表明了离婚意愿后，朱芸一直拒绝和杨泊说话。朱芸不做饭，什么也不吃，只是坐在椅子上织孩子的毛衣，偶尔她用眼角的余光瞟一下杨泊，发现杨泊胃口很好地吞咽着速食方便面。朱芸的嘴唇动了动，她轻轻骂了一句。杨泊没有听清她骂的什么，也许是畜生，也许是猪猡，但他可以肯定朱芸在骂他。杨泊耸耸肩，把碗里的由味精和香料调制的汤也喝光了，杨泊故意很响亮地咂着嘴，他说，世界越来越进步，日本人发明了方便面，现在女人想让男人挨饿已经不可能了。他看见朱芸绷着脸朝地上啐了一口，她用竹针在烫过的头发上磨了磨，又骂了一句，这回杨泊听清了，朱芸在骂他神经病。杨泊若无其事地从她身边走过，挖了挖鼻孔，然后他举起食指凝视着上面的污垢，一点不错，我就是个神经病，杨泊说着就将手指上的污垢噗地弹到了地上,神经病和智者只差半步。

冬日的黄昏凄清而短促,烤火的炉子早已熄掉,谁也没去管它,朝北的这个房间因此陷入了刺骨的寒冷中。杨泊坐在桌前玩一副破旧的扑克,牌阵总是无法通联,他干脆将扑克扔在一边,转过脸望着沙发上的朱芸。他看见朱芸的脸上浮动着一些斑驳的阴影,他不知道那些阴影是窗帘折射光线造成的,抑或直接来自他恶劣的心情。现在他觉得朱芸的坐姿比她站着时更加难看,而她在黄昏时的仪容也比早晨更加丑陋。

你老不说话是什么意思?杨泊搓了搓冻僵的手,他说,不说话不能解决问题,你脑子里到底在想什么?

我不跟畜生说话。朱芸说。

谩骂无济于事。现在我们应该平心静气地谈谈,我知道这要花时间,所以我向单位请了两天病假,我希望你能珍惜这点时间。下个星期我还要去北京出差。

那么你先告诉我,谁是第三者?是俞琼吧?我不会猜错,你已经让她迷了心窍。是她让你离婚的?

不。你为什么认为一定有个第三者呢?这实在荒唐。杨泊露出了无可奈何的微笑,他说,是我要跟你离婚,我无法和你在一起生活了,就这么简单。跟别人没有关系。

你把我当一只鞋子吗？喜欢就穿，不喜欢就扔？朱芸突然尖叫起来，她朝地上狠狠地跺了跺脚，我哪儿对不起你，我是跟谁搞腐化了，还是对你不体贴了？你倒是说出理由来让我听听。朱芸扔下手里的毛线，冲过来揪住了杨泊的衣领，一下一下地押着，她的眼睛里沁满了泪花，你狼心狗肺，你忘恩负义，你忘了生孩子以前我每天给你打洗脚水？我怀胎八个月身子不方便，我就用嘴让你舒服，你说我有什么对不起你的地方？你倒是说呀！说呀！

杨泊的身体被押得前后摇晃着，他发现女人在愤怒中触发的暴力也很可怕。杨泊顺势跌坐在床上，整理着衣领，他以一种平静的语气说，你疯了，离婚跟洗脚水没有关系，离婚跟性生活有一定关系，但我不是为了性生活离婚。

你的理由我猜得出，感情不和对吗？朱芸抓起地上的玩具手枪朝杨泊砸过去，噙着泪说，你找这个理由骗谁去？街坊邻居从来没有听见过我们夫妻吵架。结婚五年了，我辛辛苦苦持家，受了多少气，吃了多少苦，可我从来没有跟你吵过一次架。你要摸摸你的良心说话，你凭什么？

离婚跟吵架次数也没有关系。杨泊摇着头，扳动了玩具手枪的开关,一枚圆形的塑料子弹嗖地钉在门框上。杨泊看着门框沉思了一会儿,然后他说,主要是厌烦,厌烦的情绪一天天恶化,最后成为仇恨。有时候我通宵失眠,我打开灯看见你睡得很香,还轻轻打鼾,你的睡态丑陋极了。那时候我希望有一把真正的手枪,假如我有一把真正的手枪,说不定我会对准你的脸开枪。

我不怕你的杀心。那么除了打鼾,你还厌烦我什么?

我厌烦你夏天时腋窝里散发的狐臭味。

还厌烦我什么?

我厌烦你饭后剔牙的动作,你吃饭时吧叽吧叽的声音也让我讨厌。

还有什么?

你总是把头发烫得像鸡窝一样,一到夜里你守着电视没完没了地看香港电视连续剧,看臭狗屎一样的《卞卡》。

继续说,你还厌烦我什么?

你从来不读书不看报,却总是来跟我讨论爱情,讨论国家大事。

还有呢?你说下去。

我讨厌你跟邻居拉拉扯扯,在走廊上亲亲热热,关上房门就骂人家祖宗三代。你是个庸俗而又虚伪的女人。

全是屁话。朱芸这时候鄙夷地冷笑了一声,她说,你想离婚就把我贬得一钱不值,这么说你跟我结婚时的甜言蜜语山盟海誓全是假的,全是骗人的把戏?

不。你又错了。杨泊点上一支香烟,猛吸了几口说。当初我爱过你是真的,结婚是真的,现在我厌烦你,因此我必须离婚,这也是真的。你难道不懂这个道理?事物总是在不断地发展和变化。你我都应该正视现实。现实往往是冷酷的不近人情的。现实就是我们必须商讨一下离婚的具体事宜,然后选一个好天气去法院离婚。

没那么便宜。我知道只要我不同意,你就休想离成婚。朱芸咬紧牙关,她的脸在黄昏幽暗的光线中迸射出一种悲壮的白光,然后她从饼干筒里掏出了半袋苏打饼干,就着一杯冷开水开始吃饼干。朱芸一边嚼咽着饼干一边说,你他妈的看错人了,你以为我好欺?我凭什么白白地让你蹬了,我凭什么白白地让你舒服?

这又不是上菜场买菜,讨价还价多么荒唐。俗话说强扭的瓜不甜,事情已经到了这个地步,你说我们的夫妻生活过下去还有什么意思?杨泊提高了声调说,必须离婚了。

我不管这一套,我咽不下这口气。朱芸把房门用力摔打着走到外面。杨泊跟了出去,他看见朱芸进了厨房。朱芸在厨房里茫然地转了一圈,突然抓过刀将案板上的白菜剁成两半。杨泊倚着房门注视着朱芸的背部,他说,现在剁白菜干什么?现在迫切的不是吃饭,而是平心静气地商讨,我们还没有开始谈具体的问题呢。

朱芸不再说话,她继续剁着白菜,一直到案板上出现了水汪汪的菜泥,她用刀背盲目地翻弄着白菜泥,杨泊凭经验判断她在盘算什么有效的点子。他看见她缓缓地转过脸,以一种蔑视的眼神扫了他一眼,你非要离也行,朱芸说,拿两万元给我,你拿得出吗?没有两万元你就别来跟我谈离婚的事。

杨泊愣了一下,这个要求是他始料未及的。朱芸知道他不可能有这笔巨款,因此这是一种明显的要挟。杨泊摸了摸自己的头皮笑了。他像是自言自语地说,真奇怪,离婚为什么一定要两万元?为什么要了两万元就可以离婚了?这个问题我想不通。

想不通就慢慢想。朱芸这时候走出了厨房,她的脸上浮现出一丝狡黠和嘲讽的微笑。朱芸到外面的走廊上抱起了孩子,然后她朝杨泊抖了抖手上的自行车钥匙，我带孩子回娘家住几天，你慢慢地想，慢慢地筹钱，你还想谈什么就带上两万元去谈。我操你妈的×。

杨泊走到窗前推开窗子，看见朱芸骑着车驮着孩子经过楼下的空地。凛冽的夜风灌进室内，秋天遗弃在窗台上的那盆菊花在风中发出飒飒响声。杨泊发现菊花早已枯死，但有一朵硕大的形同破布的花仍然停在枯枝败叶之间，他把它掐了下来扔到窗外。他觉得这朵破布似的菊花毫无意义，因此也使人厌恶。在冬夜寒风的吹拂下，杨泊的思想一半在虚幻的高空飞翔，另一半却沉溺在两万元这个冷酷的现实中。他的五指关节富有节奏地敲击着窗台。两万元是个难题，但它不能把我吓倒。杨泊对自己轻轻地说。

在一个刚刚启用的路边电话亭里，杨泊给俞琼挂了电话。电话接通后，他听见俞琼熟悉的字正腔圆的普通话，一时不知道说什么好。他似乎从话筒里嗅到了海鸥牌洗发水的香味，并且很唯心地猜测俞琼刚刚洗濯过她的披肩长发，于是他说，你在洗头吗？别老洗头，报纸说会损坏发质。

没有。俞琼在电话线另一端笑起来，你说话总是莫名其妙。来了几个同学，他们约我去听音乐会，还多一张票，你马上也来吧，我等你。我们在音乐厅门口见面好了。

我没心思听音乐会。我要去找大头。

为什么又去找他？我讨厌大头，满身铜臭味，暴发户的嘴脸。俞琼用什么东西敲了敲话筒，她说，别去理这种人，看见他我就恶心。

没办法。我要找他借钱，两万元，不找他找谁？

为什么借那么多钱？你也想做生意吗？

跟朱芸做生意，她要两万元，你知道这是笔什么生意。

电话另一端沉寂了一会儿，然后突然啪地挂断了。杨泊隐隐听见俞琼的反应，她好像在说恶心。这是俞琼的口头禅，也是她对许多事物的习惯性评价。杨泊走出电话亭，靠着那扇玻璃门回味俞琼的反应。是够恶心的，但恶心的事都是人做出来的。杨泊用剩余的一枚镍币在玻璃门上摩擦，吱吱嘎嘎的噪音使他牙床发酸难以忍耐。但他还是坚持那样磨了一会儿，直到发现这种行为无法缓释他郁闷的心情。他将镍币朝街道的远处用力掷去，镍币立刻无影无踪，一如他内心的苦闷对于整座城市是无足轻重的。

冬天的街道上漂浮着很淡很薄的阳光，行人像鱼群一样游来游去，秩序井然地穿越十字路口和建筑物，穿越另外的像鱼群一样游来游去的行人。街景总是恰如其分地映现人的心情。到处了无生气，结伴而行的女中学生脸上的笑靥是幼稚而愚蠢的。整个城市跟我一样闷闷不乐，杨泊想这是因为离婚的叫声此起彼伏的缘故。走在人行道的最内侧，杨泊的脚步忽紧忽慢。他简短地回忆了与朱芸这场婚姻的全部过程，奇怪的是他几乎想不起重要的细节和场面了，譬如婚礼，譬如儿子出世的记忆。他只记得一条白地蓝点子的裙子，初识朱芸时她就穿着这样一条裙子，现在他仍然清晰地看见它，几十个蓝色小圆点有机排列在白绸布上，闪烁着刺眼的光芒。

杨泊走进大头新买的公寓房间时，发现自己突然感冒了，他听见自己说话夹杂着浓重的鼻音。大头穿着一件羊仔皮背心，上身显得很细很小，头就显得更大了。杨泊将一只手搭到他的肩上说，没什么事，我只是路过来看看你。最近又发什么财啦？大头狐疑地看看杨泊，突然笑起来说，我长着世界上最大的头，别人的心思我都摸得透，你有话慢慢说，先上我的酒吧来坐坐吧。杨泊吸了一下鼻子，不置可否地朝酒吧柜里面张望了一眼，他说，那就坐坐吧，我不喝酒，我感冒了。

喝点葡萄酒，报纸上说葡萄酒可以治感冒的。大头倒了一杯酒给杨泊,补充说,是法国货,专门给小姐们和感冒的人准备的。我自己光喝黑方威士忌和人头马XO。

我不喝。最近这个阶段我要使头脑一直保持清醒。

你是不是在闹离婚?大头直视着杨泊的脸,他说,满世界都在闹离婚,我不懂既然要离婚,为什么又要去结婚?如果不结婚,不就省得再离婚了吗?你们都在浪费时间嘛。

你没结过婚,你没法理解它的意义。杨泊叹了一口气,环顾着房子的陈设和装潢,过了一会儿又说,你没离过婚,所以你也没法理解它的意义。

意义这种字眼让我头疼,别跟我谈意义。大头朝空中挥了挥手,他的态度突然有点不耐烦,你是来借钱的吧?现在对你来说钱就是意义。说吧,你要借多少意义?

两万。这是她提出的条件。杨泊颓然低下头,他的旅游鞋用力碾着脚下的地毯。杨泊说,别拒绝我,我会还你的,我到时连本带息一起还你。我知道你的钱也来之不易。

看来你真的很清醒。大头调侃地笑了笑,他拍着杨泊的肩膀,突然说,杨泊杨泊,你也有今天。你还记得小时候你欺负我的事吗?你在孩子堆里逞大王,你把我的腰往下摁，让我做山羊，让其他孩子从我背上一个个跳过去？

不记得了。也许我小时候很坏，很不懂事。杨泊说。

你现在也很坏。大头的手在杨泊的后背上弹击了几次，猛地勾住了杨泊的脖子，然后大头以一种异常亲昵的语气说，杨泊，借两万元不在话下，可是我也有个条件。你现在弯下腰，做一次山羊，让我跳过去，让我也跳一次玩玩啦。

你在开玩笑？杨泊的脸先是发红，然后又变得煞白。

不是玩笑。你不知道我这个人特别记仇。

确实不是玩笑，是污辱。杨泊站起来用力撩开大头的手。我以为你是朋友，我想错了，你什么也不是，就是一个商人。杨泊走到门口说，金钱使人堕落，这是叔本华说的，这是真理。大头，我×你妈，我×你的每一分钱。

杨泊听见大头在后面发出一阵狂笑，杨泊感到一种致命的虚弱。在楼梯上他站住了，在短暂而紧张的思考以后，他意识到这样空手而归是一个错误。虚荣现在可有可无，至关重要的是两万元钱，是离婚事宜的正常开展。于是杨泊又鼓起勇气回到大头的门外，他看见大头扛着一根棕色的台球杆从里面出来。杨泊咬了咬牙，慢慢地将腰往下弯，他的身体正好堵在防盗门的外面，堵住了大头的通路。

你跳吧。杨泊低声地对大头说。

我要去台球房。我喜欢用自己的台球杆，打起来顺手。大头用台球杆轻轻击打着铁门，你跟我一起去玩玩吗？

你跳吧。杨泊提高了声音，他说，别反悔，跳完了你借我两万元。

跟我一起去玩吧，我保证你玩了一次，还想玩第二次。

我不玩台球，我想离婚。杨泊几乎是怒吼了一声，他抬起头，眼睛里迸出逼人的寒光，来呀，你跳吧，从我身上跳过去！

大头犹豫了一会儿，他把台球杆靠在墙上说，那就跳吧，反正这也是笔生意，谁也不吃亏。

他们重温了童年时代的游戏，大头叉开双腿利索地飞越杨泊的背部以及头部，他听见什么东西断裂的声音，他的心脏被大头全身的重量震得疼痛，另外有冰冷的风掠过耳边。杨泊缓缓地直起腰凝望着大头，他的表情看上去非常古怪。这是在开玩笑。杨泊嗫嚅着说，跳山羊，这是开玩笑是吗？

不是玩笑,是你要离婚,是你要借钱。大头从皮带上解下钥匙圈走进屋里,隔着几道门杨泊听见他说,这笔生意做得真有意思,贷款两万元跳一次山羊啦。

杨泊最后从大头手上接过一只沉甸甸的信封。他从大头的眼睛里看见一种熟悉的内容,那是睥睨和轻蔑。朱芸也是这样看着他的。在恍惚中听见大头说,杨泊,其实你是个卑鄙无耻的人。为了达到你的目标,我就是让你吃屎你也会吃的。杨泊的身体再次颤动了一下,他将信封装在大衣口袋里,你他妈的胡说些什么?大头举起台球杆在杨泊腰际捅了一下,大头对杨泊说,快滚吧,你是只最讨厌的黑球八号,你只能在最后收盘时入洞。

当杨泊走进朱芸娘家的大杂院时,他的心情总是很压抑。朱芸正在晾晒一条湿漉漉的印花床单。杨泊看见她的脸从床单后面迟疑地出现,似乎有一种恐惧的阴影一闪而过。

钱带来了。杨泊走过去,一只手拎高了人造革桶包。

朱芸没说话,朱芸用力拍打着床单,一些水珠溅到了杨泊的脸上。杨泊敏捷地朝旁边跳了一步,他看见朱芸的手垂搭在晾衣绳上,疲沓无力,手背上长满了紫红色的冻疮。杨泊觉得他从来没见过这么丑陋的女人的手。

这里人多眼杂，去屋里谈吧。

你还有脸进我家的门？朱芸在床单那边低声说，她的嗓音听上去像是哭坏的，沙哑而含糊，我还没跟家里人说这事。我跟他们说暂时回家住两天，说你在给公司写总结。

迟早要说的，不如现在就对他们说清楚。

我怕你会被我的三个兄弟揍扁。你知道他们的脾性。

他们没理由揍我，这是我和你的事，跟他们无关。

他们会狠狠地揍扁你的。揍你这种混蛋，揍了是白揍。

你们实在要动武也可以，我是有思想准备的。杨泊的脸固执地压在晾衣绳上，注视着朱芸在脸盆里拧衣服的一举一动，他的表情似笑非笑，只要能离婚，挨一顿揍不算什么。

杨泊听见朱芸咬牙的声音。杨泊觉得愤怒和沮丧能够丑化人的容貌，朱芸的脸上现在呈现出紫青色，颚部以及咬肌像男人一样鼓胀起来。有话回家去说，朱芸突然踢了踢洗衣盆，她说，别在这里丢人，你不嫌丢人我嫌丢人，你也别在这里给我父母丢人，我们说话邻居都看在眼里。

我不懂你的想法。我不知道你为什么认为这事丢人,我不知道这跟你父母有什么关系,跟邻居又有什么关系!

你当然不懂。因为你是个不通人性的畜生。朱芸在床单那边发出了一声短促而压抑的哽咽,朱芸蹲着将手从床单下伸过来,在杨泊的脚踝处轻轻地掐拧着,杨泊,我求你回家去说吧,别在这儿丢人现眼。

杨泊俯视着那只长满冻疮的被水泡得发亮的手,很快缩回脚。他说,可是你什么时候回家?我把钱借来了,你该跟我谈具体的事宜了。我们选个好日子去法院离婚。

等到夜里吧,等孩子睡着了我就回家。朱芸想了想,突然端起盆朝杨泊脚下泼了盆肥皂水,她恢复了强硬的口气,我会好好跟你谈的,我×你妈的×。

杨泊穿着被泅湿的鞋子回到家里,全身都快冻僵了。家里的气温与大街上相差无几,家具和水泥地面泛出一种冰凉的寒光。杨泊抱着脑袋在房间里转了几圈,他想与其这样无休止地空想不如好好放松一下,几天来他的精神过于紧张了。杨泊早早地上床坐在棉被里,朝卡式录音机里塞了盘磁带,他想听听音乐。不知什么原因录音机老是卷带,杨泊好不容易弄好,一阵庄严的乐曲声在房间里回荡，杨泊不禁哑然失笑，那首乐曲恰恰是《结婚进行曲》。杨泊记得那是新婚时特意去音乐书店选购的，现在它显得可怜巴巴而具有另外的嘲讽意味。

杨泊坐在床上等待朱芸回家，他觉得整个身体都不太舒服，头脑有点昏涨，鼻孔塞住了，胃部隐隐作痛，小腹以下的区域则有一种空空的冰凉的感觉。杨泊吞下了一把牛黄解毒丸，觉得喉咙里很苦很涩，这时候他又想起了俞琼最后在电话里说的话。恶心。她说。恶心。杨泊说。杨泊觉得俞琼堪称语言大师，确实如此，恶心可以概括许多事物的真实面貌。

夜里十点来钟，杨泊听见房门被人一脚踢开。朱芸先闯进来，跟在后面的是她的三个兄弟。杨泊合上了尼采的著作，慢慢从床上爬起来，他说，你们这是什么意思？

打！朱芸突然尖叫了一声，打死这个没良心的畜生！

他们动手前先关上了灯，这样杨泊无法看清楚他们的阴郁而愤怒的脸。杨泊只是感受到他们身上挟带的冰冷的寒气，感受到杂乱的拳头和皮鞋尖的攻击，他听见自己的皮肉被捶击后发出的沉闷的回音，还依稀听见朱芸忽高忽低的尖叫声，打！打死他我也恺命！杨泊头晕耳鸣,他想呼叫但颈部被谁有力地卡住了,他叫不出声音来。他觉得自己像一条狗被人痛打着,在痛楚和窒息中他意识到要保护他的大脑。于是他用尼采的著作挡住了左侧的太阳穴,又摸到一只拖鞋护住了右侧太阳穴,之后他就不省人事了。

大约半个钟头以后,杨泊从昏迷中醒来,房间里已黑漆漆的一片沉寂。杨泊摇摇晃晃地站起来,拉到了灯绳。他发现房间仍然维持原样,没有留下任何殴打的痕迹。这很奇怪。杨泊估计在他昏迷的时候朱芸已经收拾过房间,甚至那本尼采的著作也放回了书架上。杨泊觉得女人的想法总是这样奇怪之至。她竟然抽空收拾了房间。杨泊苦笑着自言自语。他走到镜子前,看见一张肿胀发青的脸,眼睑处鼓起一个小包,但是没有血痕。杨泊猜想那肯定也是被朱芸擦掉的,为什么要这样?杨泊苦笑着自言自语,他举起手轻柔地摸着自己受伤的脸部,对于受伤的眼睛和鼻子充满了歉疚之情。他身体单薄不善武力,他没能保护它们。最后杨泊的手指停留在鼻孔处,他轻轻地抠出一块干结的淤血,抹在玻璃镜子上,然后他注视着那块淤血说,恶心。真的令人恶心。

第二天又是寒风萧瑟的一天,杨泊戴了只口罩想出门去，走到门口看见楼道上并排坐着几个择菜的女邻居，杨泊又回来找了副墨镜遮住双眼。杨泊小心地绕开地上的菜叶，头向墙的一侧歪着。后面的女邻居还是喊了起来，小杨，你们家昨天夜里怎么回事？杨泊站住了反问道，我们家昨天夜里怎么回事？女邻居说，怎么乒乒乓乓地响，好像在打架？杨泊往上拽了拽口罩，他说，对不起，影响你们休息了。然后他像小偷似的悄悄溜出了旧式工房。

街上狂风呼啸，杨泊倒退着走了几步。杨泊觉得整个世界都是恃强欺弱，他已经被打得遍体鳞伤，现在风也来猛烈地吹打他。一切都是考验和磨砺。杨泊想所谓的意志就是在这样的夹缝中生长的。什么都不能摧垮我的意志。杨泊这样想着朝天空吹了声口哨。天空是铅灰色的，稀少的云层压得很低，它们像一些破棉絮悬浮在烟囱和高层建筑周围。多日来气候总是欲雪未雪的样子，杨泊一向厌烦这种阴沉沉的天气。他希望在售票处会顺利，但他远远地就看见一支队伍从售票处逶迤而出，黑压压一片，杨泊的双眼眼球一齐疼痛起来。这是他特有的生理反应，从少年时代开始就这样，只要看见人排成黑压压的蛇阵，他的眼球就会尖利地疼痛，他不知道这是哪种眼疾的症状。

售票大厅里聚集着很多人，一半是排队买票的，另一半好像都是黄牛票贩。杨泊站在标有北方字样的窗前，朝窗内高声问，去北京的卧铺票有吗？女售票员在里面恶声恶气地回答，后面排队去，杨泊就站到了买票的队伍后面。他听见前面有人在说，还卧铺呢，马上坐票都没有啦！又有人牢骚满腹地说，这么冷的天，怎么都不肯在家待着，怎么都发疯似的往北面跑呢？杨泊在队伍后面轻轻地一笑，杨泊说，这话说得没有逻辑，既然是这么冷的天，那你为什么也要往北面跑呢？发牢骚的人显然没有听见杨泊的驳斥，他开始用粗鲁下流的语言咒骂铁路、售票员以及整个社会的不正之风。这回杨泊笑出了声，杨泊觉得到处都是这种不负责任的怨气和指责，他们缺乏清晰的哲学头脑和理论修养，而问题的关键在于他们没有耐心，没有方法也没有步骤。

有个穿风衣的人在后面拉杨泊的衣袖，他说，到北京的卧铺票，加两包烟钱就行。杨泊坚决地摇了摇头，不，我排队。杨泊觉得那个人很可笑，只要我排队，自然应该买到票，我为什么要多付你两包烟钱？那个人说，别开国际玩笑了，你以为你排队就买到票了？我告诉你加两包烟钱你不会吃亏的，我给你二十块钱车票怎么样？可以给单位报销的。杨泊仍然摇着头，杨泊说，不，我不喜欢这样，该怎样就怎样，我不会买你这种不明不白的票。那个人鄙夷地将杨泊从头到脚扫视了一遍，突然骂道，你是个傻×。杨泊一惊，你说什么？那个人愤愤地重复了一遍，傻×，傻×。然后他推了杨泊一把，从排队队伍中穿插过去。杨泊目瞪口呆地望着那个人钻进南方票的队伍中，杨泊觉得他受到了一场莫名其妙的污辱。幸好他已经排到了售票窗口，他把捏着钱的手伸进去，被女售票员用力推开了。她说，你手伸那么长干什么？杨泊说，买票呀，到北京的卧铺票。女售票员啪啪地在桌上敲打着什么东西，谁告诉你有票的？没有卧铺票了。说着她站起来把窗口的移门关上了。杨泊伸手去推已经推不开了，他说，没卧铺就买硬座，你关门干什么？女售票员在里面瓮声瓮气地说，不卖了，下班了，你们吵得我头疼。杨泊看看手表，离售票处的休息时间还有半个钟头，可她却不卖票了，她说她头疼。杨泊怒不可遏，朝着玻璃窗吼了一句，你混账。他听见女售票员不愠不恼地回答，你他妈的才混账呢，有意见找领导提去。

　　杨泊沮丧地走到外面的台阶上，几个票贩子立刻跟了上来。那个穿风衣的也在里面，他幸灾乐祸地朝杨泊眨眨眼睛，怎么样了？买到卧铺票啦？杨泊站在台阶上茫然环顾四周，他说，这个世界有时候无理可讲。

穿风衣的人扬了扬手中的车票,怎么样?现在肯付两包烟钱了吧。杨泊注视着那个人的脸,沉默了一会儿,最后他微笑着摇了摇头。不,杨泊说,我绝不妥协。

这天杨泊的心情坏透了。杨泊的心中充满了一种广袤的悲观和失望。他想也许这是天气恶劣的缘故,当一个人的精神轻如草芥的时候,狂暴的北风就变得残忍而充满杀机。杨泊觉得大风像一只巨手推着他在街上走,昨夜挨打后留下的伤处似乎结满了冰碴,那种疼痛是尖利而冰冷的,令人无法忍受。路过一家药店时,杨泊走进去买了一瓶止痛药。女店员狐疑地盯着他脸上的口罩和墨镜,你哪里疼?杨泊指了指口罩后面的脸颊,又指了指胸口,他说,这儿疼,这儿也疼,到处都有点疼。

星期一杨泊去公司上班,同事们都看见了他脸上的伤。没等他们开口问,杨泊自己做了解释,他说,昨天在房顶上修漏雨管,不小心摔下去了,没摔死就算命大了。哈哈。

杨泊拿了一叠公文走进经理办公室,默默地把公文交还给经理,他说,这趟差我出不成了,你另外找人去吧。

怎么啦?经理很惊讶地望着杨泊,不是你自己想去吗？

买不到车票。杨泊说。

怎么会买不到车票？没有卧铺就买坐票，坐票有补贴的，你也不会吃亏。

不是这个问题。主要是恶心，我情绪不好。杨泊摸了摸脸上的淤伤，他说，我昨天从房顶上摔下来了。

莫名其妙。经理有点愠怒。他收起了那叠公文，又专注地盯了眼杨泊脸上的伤处，我知道你在闹离婚，我不知道你是怎么想的，你妻子那么贤惠能干，你孩子也很招人喜欢，我不知道你为什么也要赶离婚的时髦？

离婚不是时髦，它是我的私事，它只跟我的心灵有关。杨泊冷静地反驳道。

那你也不能为私事影响工作。经理突然拍了拍桌子，他明显是被杨泊激怒了。什么买不到车票？都是借口，为了离婚你连工作都不想干了，不想干你就给我滚蛋。

我觉得你的话逻辑有点混乱。杨泊轻轻嘀咕了一句，他觉得经理的想法很可笑，但他不想更多地顶撞他，更不想作冗长的解释。杨泊提起桌上的热水瓶，替经理的茶杯续了一杯水，然后他微笑着退出了经理的办公室。他对自己的行为非常满意。

在走廊上杨泊听见有个女人在接待室里大声啼哭,他对这种哭声感到耳熟。紧接着又听见一声凄怆的哭喊,他凭什么抛弃我?这时候杨泊已经准确无误地知道是朱芸来了。杨泊在走廊上焦灼地徘徊了一会儿,心中充满了某种说不清的恐惧。他蹑足走到接待室门口,朝里面探了探脑袋。他看见几个女同事围坐在朱芸身边,耐心而满怀怜悯地倾听她的哭诉。

只有他对不起我的事,没有我对不起他的事,他凭什么跟我离婚?朱芸坐在一张木条长椅上边哭边说,她的头发蓬乱不堪,穿了件男式的棉大衣,脚上则不合时宜地套了双红色的雨靴。女同事们拉着朱芸的手,七嘴八舌地劝慰她。杨泊听见一个女同事在说,你别太伤心了,小杨这家伙还不懂事,我看他是头脑发热一时冲动。我们会劝他回头的,你们夫妻也应该好好谈谈,到底有什么误会?这样哭哭闹闹的多不好。

自作聪明。杨泊苦笑着摇了摇头,他倚墙站着,他想知道朱芸到公司来的真正目的。如果她认为这样会阻挠离婚的进程,那朱芸未免太愚蠢了。

我们结婚时他一分钱也没有,房子家具都是我家的,连他穿的三角裤、袜子都是我买的,我图他什么?图他老实。谁想到他是装的,他是陈世美,他喜新厌旧,现在勾搭上一个女人,就想把我一脚蹬了。

你们替我评评这个理吧。朱芸用手帕捂着脸边哭边说，说着她站了起来，我要找你们的领导，我也要让他评评这个理。

杨泊看见朱芸从接待室里冲出来，就像一头狂躁的母狮。杨泊伸手揪住了朱芸棉大衣的下摆，朱芸回过头说，别碰我，你抓着我干什么？杨泊松开了手，他说，我让你慢点走，别性急，经理就在东面第三间办公室。

走廊上已经站满了人，他们都关注地望着杨泊。杨泊从地上捡起一张报纸挡着自己的脸，走进了楼道顶端的厕所。他将厕所门用力撞了三次，嘭，嘭，嘭，然后他朝走廊上的人喊，我在厕所里，你们想来就来看吧。走廊上的人窃窃私语，杨泊朝他们做了个鄙夷的鬼脸，然后走到了蹲坑上。抽水马桶已经坏了，蹲坑里储存着别人的可恶的排泄物，周围落满了各种质地的便纸，一股强烈的恶臭使杨泊感到反胃。他屏住呼吸蹲了下来，他想一个人是经常会被恶臭包围的，怎么办？对付它的最好办法就是屏住呼吸。杨泊的耳朵里依然有朱芸的哭诉声回荡着。他尽量不去想她和经理谈话的内容。现在他被一面墙和三块红漆挡板包围着，他发现其中一块挡板被同事们写满了字，有几排字引起了杨泊的关注：

邹经理是条色狼
我要求加三级工资
我要出国留学啦

杨泊不太赞赏在厕所挡板上泄私愤的方法，但他喜欢这种独特的自娱态度。最后他也从口袋里掏出双色圆珠笔，在挡板上飞快地写了一排字：

我要离婚

冬天杨泊终于还是去北京出了一趟差。火车驶至河北省境内时，突然出了件怪事。有一辆货车竟然迎面朝杨泊乘坐的客车奔驰而来。杨泊当时正趴在茶案上打瞌睡，他依稀觉得火车停下来了，人们都探出车窗朝一个方向张望。事情终于弄清楚了，是扳道工扳错了轨次，两列相向而行的火车相距只有一百多米了。杨泊吓了一跳，在漫长的临时停车时间里，他听见车厢里的人以劫后余生的语气探讨事故的起因和后果。而邻座的采购员愤愤不平地对杨泊说，你说现在的社会风气还像话吗？扳道工也可以睡觉，拿我们老百姓的性命当儿戏。杨泊想了一会儿扳道的事，在设想了事故的种种起因后，他宽宥了那个陌生的扳道工。杨泊淡然一笑说，谁都会出差错。也许扳道工心神不定，也许他正在跟妻子闹离婚呢。

杨泊用半天时间办完了所有公务。剩下的时间他不知道怎么打发。这是他生平第二次来到北京。第一次是跟朱芸结婚时的蜜月旅行。他记得他们当时住在一家由防空洞改建的旅馆里，每天早出晚归，在故宫、北海公园和颐和园之间疲于奔命，现在他竟然回忆不出那些风景点的风景了，只记得朱芸的那条白地蓝点子的连衣裙，它带着一丝汗味和一丝狐臭像鸟一样掠过。那段日子他很累，而且他的眼球在北京的浩荡人群里疼痛难忍。他还记得旅馆的女服务员郑重地告诫他们，不要弄脏床单，床单一律要过十天才能换洗。杨泊在西直门立交桥附近徘徊了一会儿，忽然想起几个女同事曾经托他买果脯和茯苓夹饼之类的东西，他就近跳上了一辆电车。时值正午时分，车上人不多。穿红色羽绒服的男售票员指着杨泊说，喂，你去哪儿？杨泊一时说不上地名，哪儿热闹就去哪儿，随便。售票员瞪了杨泊一眼，从他手上抢过钱，他说，火葬场最热闹你去吗？土老帽，捣什么乱？杨泊知道他在骂人，脸色气得发白，你怎么随便骂人呢？售票员鼻孔里哼了一声，他挑衅地望着杨泊的衣服和皮鞋，你找练吗？他说，傻×，你看你还穿西装挂领带呢！杨泊忍无可忍，一把揪住了对方的红色羽绒服。你怎么随便污辱人呢？杨泊只是拽了拽售票员的衣服，他没想到售票员就此扭住了他的肘关节。傻×，你他妈还想打我？售票员骂骂咧咧地把杨泊推到车门前。这时候杨泊再次痛感到自己的单薄羸弱，他竟然无力抵抗对方更进一步的污辱。车上其他的人面无表情，前面有人问，后面怎么回事？穿红羽绒服的售票员高声说，碰上个无赖，开一下车门，我把他轰下去。紧接着车门在降速中启开，杨泊觉得后背被猛地一击，身体便摔了出去。

　　杨泊站在一块标有青年绿岛木牌的草圃上，脑子竟然有点糊涂。脚踝处的胀疼提醒他刚才发生了什么。真荒谬，真倒霉。杨泊沮丧地环顾着四周，他觉得那个穿红羽绒服的小伙子情绪极不正常，也许他也在闹离婚。杨泊想，可是闹离婚也不应该丧失理智，随便伤害一个陌生人。杨泊又想也许不能怪别人，也许这个冬天就是一个倒霉的季节，他无法抗拒倒霉的季节。

　　马路对面有一家邮电局。杨泊走进了邮局，他想给俞琼挂个电话说些什么。电话接通后他又后悔起来，他不知道该说些什么，心莫名其妙跳得很快。

喂，你是谁？俞琼在电话里很警惕地问。

我是一个倒霉的人。杨泊愣怔了一会儿说。

是你。你说话老是没头没脑的。俞琼好像叹了一口气，然后她的声调突然快乐起来，你猜我昨天干什么去了？我去舞厅跳通宵迪斯科了，跳得累死了，跳得快活死了。

你快活就好。我就担心你不快活。杨泊从话筒中隐隐听见一阵庄严的音乐，旋律很熟悉一时却想不起曲名，他说，你那边放的是什么音乐？

是你送给我的磁带，《结婚进行曲》。

别说话，让我听一会儿吧。请你把音量拧大一点。杨泊倚着邮电局的柜台，一手紧抓话筒，另一只手捂住另一只耳朵来阻隔邮电局的各种杂音。他听见《结婚进行曲》的旋律在遥远的城市响起来，像水一样泅透了他的身躯和灵魂，杨泊打了个莫名的冷战，他的心情倏地变得辽阔而悲怆起来。后来他不记得电话是怎样挂断的，只依稀听见俞琼最后的温柔的声音，我等你回来。

这天深夜，杨泊由前门方向走到著名的天安门广场。空中飘着纷纷扬扬的细雪，广场上已经人迹寥落，周围的建筑物在夜灯的照耀下呈现出一种直角的半明半暗的轮廓。杨泊绕着广场走了一圈，他看见冬雪浅浅地覆盖着这个陌生的圣地，即使是那些照相点留下的圆形木盘和工作台，一切都在雪夜里呈现肃穆圣洁的光芒。杨泊竭力去想象在圣地发生的那些重大历史事件，结果却是徒劳。他脑子里依然固执地盘桓着关于离婚的种种想法。杨泊低着头，用脚步丈量纪念碑和天安门城楼间的距离。在一步一步的丈量中，他想好了离婚的步骤：一、要协议离婚，避免暴力和人身伤害；二、要给予朱芸优越的条件，在财产分配和经济上要做出牺牲；三、要提前找房子，作为新的栖身之地；四、要为再婚做准备，这些需要同俞琼商量。杨泊的思路到这里就堵塞了，俞琼年轻充满朝气的形象也突然模糊起来，唯一清晰的是她的乌黑深陷的马来人种的眼睛，它含有一半柔情一半鄙视，始终追逐和拷问着杨泊。你很睿智，你很性感，但你更加怯懦。杨泊想起俞琼在一次做爱后说过的话，不由得感伤起来。夜空中飞扬的雪花已经打湿了他的帽子和脖颈，广场上荡漾着湿润的寒意。杨泊发现旗杆下的哨兵正在朝他观望，他意识到不该在这里逗留了。

　　杨泊觉得在天安门广场考虑离婚的事几乎是一种亵渎，转念一想，这毕竟是个人私事，它总是由你自己解决问题，人大常委会是不可能在人民大会堂讨论这种事的。杨泊因此觉得自己夜游广场是天经地义的自由。

杨泊推开家门，意外地发现朱芸母子俩已经回家了。尿布和内衣挂在绳子上，还在滴水。地上扔满了玩具和纸片。孩子正端坐在高脚痰盂上，他在拉屎，朱芸的一只手抚着孩子，另一只手中还抓着一件湿衣服。她直起腰望着杨泊，目光很快滑落到他的旅行袋上，有一丝慌乱，也有一丝胆怯。

你爸爸回来了，快叫爸爸。朱芸轻轻地推了孩子一把。孩子茫然地看了看杨泊，又低头玩起积木来。朱芸说，你看你这傻孩子，你不是天天吵着要爸爸吗？

杨泊放下旅行袋走过去，亲了亲孩子的脸颊。孩子的脸上有成人用的面霜的香气，是朱芸惯常搽的那种香粉。除此之外，杨泊还闻到了一股粪便的臭味。他皱了皱眉头，用一种平淡的口气问，什么时候回来的？

我给你熬了一锅鸡汤。朱芸没有回答杨泊的话，她看着厨房的方向说，汤里放了些香菇，还热着呢，你去盛一碗喝。

不想喝，你自己喝吧。

我打电话给你们公司，知道你今天回来。我是特意为你熬的鸡汤。你喜欢喝的。

那是以前。现在我对美味佳肴没什么兴趣,让我伤脑筋的是生存问题。杨泊脱掉鞋子躺到床上,他说,我很累,昨天夜里一夜没有合眼。杨泊觉得背上袭来一阵凉意,侧身一看是一块棉垫子,垫子被孩子尿得精湿,杨泊拎起它看了看,然后扔到了地上,讨厌。杨泊说。

你怎么扔地上?朱芸捡起了垫子,她的表情变得很难堪,你连孩子也讨厌了?孩子尿床是正常的,你怎么连孩子也讨厌了?

我只是讨厌这块垫子。请你不要偷换主题。

你讨厌我我也没办法,孩子是你的亲骨血,他有什么错?你凭什么讨厌你自己的孩子呢?

我不知道。杨泊翻了个身,将脸埋在发潮的被褥里,他听见朱芸急促的喘气声,那是她生气的标志。杨泊突然意识到自己的邪恶的欲念,他想惹朱芸发怒,他想打碎她贤惠体贴的面具。每个人都讨厌我,即使是一个北京的电车售票员。杨泊闷声闷气地说,所以我也有理由恨别人,讨厌你们每一个人。

别骗人了。朱芸讥嘲地一笑,她开始窸窣地替孩子擦洗,她说,那么你连俞琼也讨厌啦?讨厌她为什么还要跟她一起鬼混?

我不知道。也许连她也令我讨厌,这恰恰是我们生存中最重要的疑问。杨泊朝空中挥了挥手，他从棉被的缝隙中窥视着朱芸，这些问题我没有想透，而你更不会理解，因为你只会熬鸡汤洗衣服，你的思想只局限在菜场价格和银行存款上。你整天想着怎样拖垮我，一起往火坑里跳。

杨泊发现朱芸紧咬着嘴唇，她的脸色变成钢板一样的铁青色。杨泊以为她会暴怒，以为她会撒泼，奇怪的是朱芸没这么做。朱芸抱着孩子呆立在痰盂旁，张大嘴望着天花板，杨泊听见她轻轻地嘀咕了一声，好像在骂放屁，然后她抱着孩子走到外间去了。房门隔绝了母子俩的声音和气息，这使杨泊感到轻松。他很快就在隐隐的忧虑中睡着了。在梦中杨泊看见孩子的条形粪便在四周飘浮，就像秋天的落叶，他的睡梦中的表情因而显得惊讶和厌恶。

不知道天是怎样一点点黑下来的，也不知道邻居们在走廊上突然爆发的争吵具体内容是什么。杨泊后来被耳朵后根的一阵微痒弄醒，他以为是一只虫子，伸手一抓抓到的却是朱芸的手指。原来是朱芸在抚摸他耳后根敏感的区域。你想干什么？杨泊挪开朱芸的手，迷迷糊糊地说。现在我不喜欢这样。在静默了一会儿以后，他再次感觉到朱芸那只手对他身体的触摸，那只手在他胸前迟滞地移动着，最后滑向更加敏感的下身周围。杨泊坐了起来，惊愕地看了看朱芸，他看见朱芸半跪在床上，穿着一件半透明的粉红色睡裙，她的头发像少女时代那样披垂在肩上。朱芸深埋着头，杨泊看不见她的脸。你怎么啦？他托起了她的下颏，他看见朱芸凄恻哀伤的表情，朱芸的脸上沾满泪痕。

别跟我离婚，求求你，别把我这样甩掉。朱芸的声音听上去就像梦呓。

穿这么少你会着凉的。杨泊用被子护住了自己的整个身体，他向外挪了下位置，这样朱芸和他的距离就远了一点。这么冷的天，你小心着凉感冒了。他说。

别跟我离婚。朱芸突然又哽咽起来，她不断地绞着手中的一绺头发，我求你了，杨泊，别跟我离婚。以后你让我怎样我就怎样，我会对你好的。

我们不是都谈好了吗？该谈的都谈过了，我尊重我自己的人格和意愿，我决不随意改变自己的决定。

狠心的畜生。朱芸沉默了一会儿，眼睛中掠过一道绝望的白光。她说，你是在逼我，让我来成全你吧。我死给你看，我现在就死给你看。她跳下床朝窗户扑过去，拔开了窗户的插销。风从洞开的窗户灌进来，杨泊看见朱芸的粉红色睡裙疾速地膨胀，看上去就像一只硕大的气球。我现在就死给你看。朱芸尖声叫喊着，一只脚跨上了窗台，杨泊就是这时候冲上去的，杨泊抱住了她的另一只脚。别这样，他说，你怎么能这样？她的脸显出病态的红润。别拽我，你为什么要拽住我？朱芸用手掌拍打着窗框，她的身体僵硬地保持着下滑的姿势，我死了你就称心了，你为什么不让我去死？杨泊只是紧紧地抱住她的腿，突如其来的事件使他头脑发晕，他觉得有点恐怖，在僵持中他甚至听见一阵隐蔽而奇异的笑声，那无疑是对他的耻笑，它来自杨泊一贯信奉的哲学书籍中，也来自别的人群。笑声中包含了一个棘手的问题，要出人命了，你现在怎么办？

杨泊后来把朱芸抱下窗台，已经是大汗淋漓。他把朱芸扔到地上，整个身体像发疟疾似的不停颤抖，而且无法抑制。杨泊就把棉被披在身上，绕着朱芸走了几圈，他对朱芸说，你的行为令人恐怖，也令人厌恶。他看见朱芸半跪半躺在地上，手里紧捏着一把水果刀，朱芸的眼神飘荡不定，却明确地含有某种疯狂的挑战性。请你放下刀子，杨泊上去夺下了水果刀，随手扔出了窗外。这时候他开始感到愤怒，他乒乒乓乓关上了窗子，一边大声喊叫，荒谬透顶，庸俗透顶，这跟离婚有什么关系？难道离婚都要寻死觅活的吗？

我豁出去了。朱芸突然说了一句，她的声音类似低低的呻吟，要死大家一起死，谁也别快活。

你说什么？杨泊没有听清，他回过头时朱芸闭上了眼睛。一滴泪珠沿着鼻翼慢慢滚落。朱芸不再说话，她身上的丝质睡袍现在凌乱不堪，遮掩着一部分冻得发紫的肉体。杨泊皱了皱眉头，他眼中的这个女人就像一堆粉红色的垃圾，没有生命，没有头脑，但它散发的腐臭将时时环绕着他。杨泊意识到以前低估了朱芸的能量，这也是离婚事宜拖沓至今的重要原因。

星期三下午是例行约会的时间，地点在百货大楼的鞋帽柜台前。这些都是俞琼选定的，俞琼对此曾作过解释，因为星期三下午研究所政治学习，当杨泊的电话拨到研究所的会议室时，俞琼就对领导说，我舅舅从广州来了，我要去接站了，或者说，我男朋友让汽车撞了，我马上去医院看他。至于选择鞋帽柜台这种毫无情调的约会地点，俞琼也有她的理由。这个地方别出心裁，俞琼说，可以掩人耳目，也不怕被人撞到。我们尽管坐着说话，假如碰到熟人，就说在试穿新皮鞋。

两个人肩并肩地坐在一张简易的长椅上。有个男人挤在一边试穿一双白色的皮鞋，脱了旧的穿新的，然后又脱了新的穿旧的。杨泊和俞琼都侧转脸看着那个男人，他们闻到一股脚臭味，同时听见那个男人嘟嚷了一句，不舒服，新鞋子不如旧鞋子舒服。俞琼这时候捂着嘴笑起来，肩膀朝杨泊撞了一下。

你笑什么？杨泊问俞琼。

他说的话富有哲理，你怎么一点反应也没有？

我笑不出来。每次看见这么多的人，这么多的脚，我就烦躁极了。我们不应该在这里约会。

他说新鞋子不如旧鞋子舒服，俞琼意味深长地凝视着杨泊，肩膀再次朝杨泊撞了一下。这个问题你到底怎么想？

他是笨蛋。杨泊耸了耸肩膀，他说，他不懂得进化论，他无法理解新鞋子和旧鞋子的关系。这种似是而非的话不足以让我们来讨论，我们还是商定一下以后约会的地点吧，挑个僻静的公园，或者就在河滨一带，或者就在你的宿舍里也行。

小。俞琼微笑着摇了摇头，她的表情带有一半狡黠和一半真诚，我不想落入俗套。我早就宣布过，本人的恋爱不想落入俗套。否则我怎么会爱上你？

你的浪漫有时让我不知所措。杨泊看了看对面的鞋帽柜台，那个试穿白皮鞋的男人正在和营业员争辩着什么，他说，皮鞋质量太差，为什么非要我买？你们还讲不讲一点民主啊？杨泊习惯性地捂了捂耳朵，杨泊说，我真的厌恶这些无聊的人群，难道我们不能换个安静点的地方说说话吗?

可是我喜欢人群。人群使我有安全感。俞琼从提包里取出一面小圆镜,迅速地照了照镜子,她说,我今天化妆了,你觉得我化妆好看吗?

你怎样都好看,因为你年轻。杨泊看见那个男人终于空着手离开了鞋帽柜台,不知为什么他舒了一口气。下个星期三去河滨公园吧,杨泊说,你去了就会喜欢那里的。

我知道那个地方。俞琼慢慢地拉好提包的拉链,似乎在想着什么问题。她的嘴唇浮出一层暗红的荧光,眼睛因为画过黑晕而更显妩媚。杨泊听见她突然暧昧地笑了一声,说,知道我为什么不想在公园约会吗?

你不想落入俗套,不想被人撞见,这你说过了。

那是借口。想知道真正的原因吗?俞琼将目光转向别处,她轻声说,因为你是个有妇之夫,你是个已婚男人,你已经有了个两岁多的儿子。

这就是原因?杨泊苦笑着摇了摇头,他忍不住去扳俞琼的肩膀,被她推开了。俞琼背向他僵直地坐在简易长椅上,身姿看上去很悲哀。杨泊触到了她的紫红色羊皮外套,手指上是冰凉的感觉。那是杨泊花了私藏的积蓄给她买的礼物,他不知道为什么羊皮摸上去也是冰凉的,杨泊的那只手抬起来,盲目地停留在空中。他突然感到颓丧，而且体验到某种幻灭的情绪。可是我正在办离婚，杨泊说，你知道我正在办离婚。况且从理论上说，已婚男人仍然有爱和被爱的权利，你以前不是从来不在乎我结过婚吗？

恶心。知道吗？有时候想到你白天躺在我怀里，夜里却睡在她身边，我真是恶心透了。

是暂时的。现实总是使我们跟过去藕断丝连，我们不得不花力气斩断它们，新的生活总是这样开始的。

你的理论也让我恶心。说穿了你跟那些男人一样，庸庸碌碌，软弱无能。俞琼转过脸，冷冷地扫了杨泊一眼，我现在有点厌倦，我希望你有行动，也许我们该商定一个最后的期限了，你明白我的意思吗？

问题是她把事情恶化了。前天夜里她想跳楼自杀。

那是恐吓，那不过是女人惯常的手段。俞琼不屑地笑了笑，你相信她会死？她真是要想死就不当你面死了。

我不知道。我只是不想把简单的事情搞得这么复杂。有时候面对她，我觉得我的意志在一点点地崩溃，最可怕的问题就出在这儿。

两个人沉默了一会儿，听见百货大楼打烊的电铃声清脆地响了起来。逛商店的人群从他们面前匆匆退出。俞琼先站了起来，她将手放到杨泊的头顶，轻轻地摸了摸他的头发。杨泊想抓住她的手，但她敏捷地躲开了。

春天以前离婚吧，我喜欢春天。俞琼最后说。

他们在百货大楼外面无言地分手。杨泊看见俞琼娇小而匀称的身影在黄昏的人群中跳跃，很快就消失不见了。大街上闪烁着最初的霓虹灯光，空气中隐隐飘散着汽油、塑料和烤红薯的气味。冬天的街道上依然有拥挤的人群来去匆匆。杨泊沿着商业区的人行道踽踽独行，在一个杂货摊上他替儿子挑选了一只红颜色的气球。杨泊抓着气球走了几步，手就自然地摊开了，他看见气球在自己鼻子上轻柔地碰撞了一下，然后朝高空升上去。杨泊站住了仰起脸朝天空看，他觉得他的思想随同红色气球越升越高，而他的肢体却像一堆废铜烂铁急剧地朝下坠落。他觉得自己很疲倦，这种感觉有时和疾病没有区别，它使人焦虑，更使人心里发慌。

杨泊坐在街边栏杆上休息的时候，有一辆半新的拉达牌汽车在他身边紧急刹车。大头的硕大的脑袋从车窗内挤出来。喂，你去哪儿？大头高声喊，我捎你一段路，上车吧。杨泊看见大头的身后坐着个浓妆艳抹的女人，杨泊摇了摇头。没关系，是我自己的车，大头又说，你客气什么？还要我下车请你吗？杨泊皱着眉头朝他摆了摆手,说,我哪儿也不去。真滑稽,我为什么非要坐你的车?大头缩回车内,杨泊清晰地听见他对那个女人说,他是个超级傻×,闹离婚闹出病来了。杨泊想回敬几句,话到嘴边又咽回去了。想想大头虽然无知浅薄,但他毕竟借了两万元给自己。

黄昏六点钟,街上的每个人都在往家走。杨泊想他也该回家了。接下来的夜晚他仍将面对朱芸,唇枪舌剑和哭哭笑笑,悲壮的以死相胁和无休无止的咒骂,虽然他内心对此充满恐惧,他不得不在天黑前赶回家去,迎接这场可怕的冗长的战役。杨泊就这样看见了家里的窗户,越走越慢,走进旧式工房狭窄的门洞,楼上楼下的电视机正在播放国际新闻,他就站在杂乱的楼梯拐角听了一会儿,关于海湾战争局势,关于苏联的罢工和孟加拉国的水灾。杨泊想整个世界和人类都处于动荡和危机之中,何况他个人呢!杨泊在黑暗中微笑着思考了几秒钟,然后以一种无畏的步态跨上了最后一阶楼梯。

一个女邻居挥着锅铲朝杨泊奔来,你怎么到现在才回家?女邻居边跑边说,朱芸服了一瓶安眠药,被拉到医院去了,你还不赶快去医院?你怎么还迈着四方步呢?

杨泊站在走廊上,很麻木地看着女邻居手里的锅铲。他说，服了一瓶？没这么多，我昨天数过的，瓶子里只有九颗安眠药。

你不像话！女邻居的脸因愤怒而涨红了，她用锅铲在杨泊的肩上敲了一记，朱芸在医院里抢救，你却在计较瓶子里有多少安眠药，你还算人吗？你说你还算人吗？

可是为什么要送医院？我昨天问过医生，九颗安眠药至多昏睡两天。杨泊争辩着一边退到楼梯口，他看见走廊上已经站满了邻居，他们谴责的目光几乎如出一辙。杨泊蒙住脸呻吟了一声。那我就去吧。杨泊说着连滚带爬地跌下了楼梯。在门洞里他意外地发现那只褐色的小玻璃瓶，他记得就在昨天早晨看见过这只瓶子，它就放在闹钟边上，里面装有九颗安眠药。他猜到了朱芸的用意。他记得很清楚，有个富有经验的医生告诉他，九颗安眠药不会置人于死地，只会令服用者昏睡两天。

在市立医院的观察室门口，杨泊被朱芸的父母和兄弟拦住了，他们怒气冲冲，不让他靠近病床上的朱芸。朱芸的母亲抹着眼泪说，你来干什么？都是你害的她，要不是我下午来接孩子，她就没命了。杨泊在朱家众人的包围下慢慢蹲了下来，他深深地叹了口气，事情已经偏离了正常的轨道。杨泊竖起食指在地上画着什么,他诚挚地说,我没有办法制止她的行为。朱芸的哥哥在后面骂起来,你以为你是个什么东西?想跟她结婚就结婚,想跟她离婚就离婚?杨泊回过头看了看他,杨泊的嘴唇动了动,最后什么也没说。

有个女护士从观察室里走出来,她对门口的一堆人说,你们怎么甩下病人在这里吵架?十七床准备灌肠了。杨泊就是这时候跳了起来,杨泊大声说,别灌肠,她只服了九颗安眠药。周围的人先是惊愕地瞪大了眼睛,紧接着响起一片粗鄙的咒骂声。杨泊被朱芸的兄弟们推搡着走。别推我,我发誓只有九颗,我昨天数过的。杨泊跌跌撞撞地边走边说,很快他就被愤怒的朱氏兄弟悬空架了起来。他听见有个声音在喊,把他扔到厕所里,揍死这个王八蛋。杨泊想挣脱却没有一丝力气,他觉得自己像一只垂死的羚羊陷入了暴力的刀剑之下。我没有错,你们的暴力不能解决问题。杨泊含糊地嘟哝着,任凭他们将他的头摁在厕所的蹲坑里,有人拉了抽水马桶的拉线,五十立升冰凉的贮水混同蹲坑里的粪被一起冲下了杨泊的头顶。杨泊一动不动,杨泊的血在顷刻间凝结成冰凌,它们在体内凶猛地碰撞,发出清脆的断裂的声音。摁紧他的头,让他清醒清醒。又有人在喊。杨泊依稀记得抽水马桶响了五次,这意味着二百五十升冷水冲灌了他的头部。

后来杨泊站起来，一口一口地吐出嘴里的污水，他用围巾擦去脸上的水珠，对那些污辱他的人说，没什么，这也是一种苦难的洗礼。

这个冬天，杨泊几乎断绝了与亲朋好友的来往。唯一的一次是他上门找过老靳。老靳是杨泊上夜大学时的哲学教师，他能够成段背诵黑格尔、叔本华和海德格尔的著作。他是杨泊最崇拜的人。杨泊去找老靳，看见他家的木板房门上贴了张纸条，老靳已死，谢绝探讨哲学问题。杨泊知道他在开玩笑。杨泊敲了很长时间的门，跑来开门的是老靳的妻子。她说，老靳不在，他在街口卖西瓜。杨泊半信半疑，老靳卖西瓜？老靳怎么会卖西瓜？老靳的妻子脸色明显有些厌烦，她把门关上一点，露出半张脸对杨泊说，我在做自发功，你把我的气破坏掉了。

杨泊走到街口果然看见了老靳的西瓜摊，老靳很孤独地守卫着几十只绿皮西瓜，膝盖上放着一只铝质秤盘。杨泊觉得有点尴尬，他走到老靳身边拍了拍他的肩膀，恭喜发财了，老靳。

狗屁，老靳搬了个小马扎给杨泊，老靳的表情倒是十分坦荡。他说，守了三天西瓜摊，只卖了三只半西瓜。

大冬天的，上哪儿搞来的西瓜？杨泊说。

从黑格尔那里。有一天老黑对我说，把我扔到垃圾堆里去吧，你有时间读我的书，不如上街去捞点外快。老靳说着突然哈哈大笑起来，他摘下眼镜在杨泊的衣服上擦了擦，老黑还对我说，生存比思想更加重要，你从我这里能得到的，在现实中全部化为乌有。思想是什么？是狗屁，是粪便，是一块被啃得残缺不全的西瓜皮。

我不觉得你幽默，你让我感到伤心。杨泊朝一只西瓜踢了一脚，他说，想不到你这么轻易地背弃了思想和信仰。

别踢我的西瓜。老靳厉声叫起来，他不满地瞟了杨泊一眼。老靳说，别再跟我探讨哲学问题，假如你一定要谈，就掏钱买一只西瓜，卖给你可以便宜一点。说真的，你买一只西瓜回家给儿子吃吧，冬天不容易吃到西瓜。

那你替我挑一只吧。杨泊说。

这才够朋友。老靳笨拙地打秤称西瓜的分量，嘴里念念有词，十块三毛钱，零头免了，你给十块钱吧。老靳把西瓜抱到杨泊的脚边，抬头看看杨泊失魂落魄的眼睛，他发现杨泊在这个冬天憔悴得可怕。听说你也在闹离婚？老靳说，你妻子已经服过安眠药了吧？

你怎么知道的？杨泊疑惑地问。

我有经验，我已经离过两次婚了。老靳沉吟着说，这是一场殊死搏斗，弄不好会两败俱伤。你知道吗？我的一只睾丸曾被前妻捏伤过，每逢阴天还隐隐作痛。

我觉得我快支撑不住了，我累极了。我觉得我的脑髓心脏还有皮肤都在淌血。杨泊咬着嘴唇，他的手在空中茫然地抓了一把，说实在的我有点害怕，万一真的出了人命，我不知道下面该怎么办。

要动脑子想。老靳狡黠地笑了笑说，我前妻那阵子差点要疯了，我心里也很害怕。你知道我后来用了什么对策？我先发疯，在她真的快疯之前我先装疯，我每天在家里大喊大叫，又哭又笑的，我还穿了她的裙子跑到街上去拦汽车。我先发疯她就不会疯了，她一天比一天冷静，最后离婚手续就办妥啦。

可是我做不出来。我有我的目标和步骤。杨泊从大衣口袋里掏出仅有的十块钱，放进老靳的空无一文的钱箱里。杨泊说，我做了所有的努力，然后眼睁睁地看着它们成为泡影，事情一步步地走向反面，你不知道我心里是什么滋味。我每天在两个女人的阴影下东奔西走，费尽了口舌和精力，我的身上压着千钧之力，有时候连呼吸都很困难。

问题看来还是出在你自己身上，你真该看看我写的一本书，你猜书名叫什么？叫《离婚指南》。本来今年夏天就该出书的，不知出版社为什么拖到现在还没出来。

什么书？你说你写了一本什么书？

《离婚指南》。老靳颇为自得地重复了一遍，是指导人们怎样离婚的经典著作，我传授了我的切身体验和方式方法，我敢打赌，谁只要认真读上一遍，离婚成功率起码达到百分之九十以上。

你总算对人类做了一点贡献。杨泊闷闷不乐的脸上终于露出了笑容，杨泊这次笑得很厉害。他不停地捶着老靳说，我要看，我想看，等书出来后一定送我一本。

那当然，对所有离婚的人都八折优惠。

杨泊帮着老靳做了两笔生意就走了，他把那只海南西瓜夹在自行车的后架上，骑了没多远听见背后响起嘭的一声，回头一看是西瓜掉了，西瓜在街道上碎成两爿，瓜瓤是淡粉色的。这个王八蛋。杨泊骂了一句，他没有下车去捡。杨泊回忆着老靳说的话，你先发疯她就不会疯了。这话似乎有点道理。问题在于他厌恶所有形式的阴谋，即使是老靳式的装疯卖傻。我很正常，杨泊骑在车上自己笑起来，万一装疯以后不能恢复正常呢，万一真的变疯了怎么办呢？

公司扣去了杨泊的奖金,理由是杨泊已经多次无缘无故地迟到早退。杨泊在财务科无话可说,出了门却忍不住骂了一句粗话。女会计在里面尖声抗议,你骂谁?有本事骂经理去,是他让我们扣的。杨泊说,没骂你,我骂我自己没出息,扣了几个臭钱心里就不高兴。

杨泊在办公室门口被一个陌生的女人拦住。你叫杨泊吧?女人说着递来一张香喷喷的粉红色名片,我是晚报社会新闻版的记者,特意来采访你。

为什么采访我?杨泊很诧异地望着女记者,他说,我又不是先进人物,我也没做过什么好人好事,你大概搞错了。

听说你在离婚。女记者反客为主,拉杨泊在旁边的沙发上坐下。她掏出笔和本子,朝杨泊妩媚地笑了笑,我在写一篇专题采访,《离婚面面观》,你是第九十九个采访对象了。

莫名其妙。杨泊下意识地绷紧了身子,他朝各个办公室的门洞张望了一番。这是我的个人私事,不是社会新闻,杨泊说,我没什么可说的,我也不想说。

你不觉得社会新闻是从个人私事中衍生的吗?女记者用一种睿智而自信的目光注视着杨泊,谈谈你的想法好吗,不会占用你太多时间。

我心情不好，我刚刚被扣了年终奖。杨泊踢了踢脚边的一只废纸篓，他说，《因离婚被扣奖金，当事人无话可说》，我看这倒是一篇社会新闻的题目。

谈谈好吗？谈谈离婚的原因，是第三者插足还是夫妻感情不和？假如是性生活方面不协调，也可以谈，没有关系的。女记者豪爽地笑着鼓励杨泊，请你畅所欲言好吗？

没有什么原因，唯一的原因就是我想离婚。

太笼统了，能不能具体一点？

我烦她，我厌恶她，我鄙视她，我害怕她，我还恨她。杨泊的声音突然不加控制地升得很高，他跺了跺脚说，这么说你懂了吧。所以我要离婚。离婚。

很好。女记者在本子上飞快地写下一些字，然后她抬起头赞赏地说，你的回答虽然简单、但是与众不同。

杨泊已经站了起来。杨泊一脚踢翻了走廊上的废纸篓，又追上去再踢一脚。狗屁。杨泊突然转过身对女记者喊叫，什么离婚面面观，什么离婚指南，全是自作聪明的狗屁文章，你们根本不懂什么是离婚。离婚就是死，离婚就是生。你们懂吗？

这次一厢情愿的采访，激起了杨泊悲愤的情绪。杨泊沉浸其中，在起草公司年度总结的文章中，他自作主张地抨击了公司职员们的种种品格缺陷。他认为职员们自甘平庸的死气沉沉的生活，却喜欢窥测别人的隐私，甚至扰乱别人的生活秩序。杨泊伏在办公桌上奋笔疾书，抨击的对象扩展到公司以外的整个国民心态。他发现这份总结已经离题千里，但他抑制不住喷泉般的思想，他想一吐为快。最后他巧妙地运用了一个比方，使文章的结尾言归正传。杨泊的总结结尾写道：一个企事业单位就像一个家庭，假如它已濒临崩溃的边缘，最好是早日解体以待重新组建，死亡过后就是新生！

杨泊把总结报告交到经理手中，心中有一种满足而轻松的感觉。这样的心情一直保持到下午五点钟。五点钟，杨泊走出公司的大楼，传达室的收发员交给他一张明信片。明信片没有落款，一看笔迹无疑是俞琼的。今天是元月五号，算一算离立春还有多少天？杨泊读了两遍，突然想到上次俞琼给他规定的离婚期限，他的脸色立刻阴沉下来。收发员观察着杨泊的反应，指着明信片说，那句话是什么意思？杨泊好像猛地被惊醒，他对收发员怒目而视，什么什么意思？你偷看我的私人信件，我可以上法院告你渎职。杨泊说着将明信片撕成两半，再撕成四份，一把扔到收发员的脸上，什么意思你慢慢琢磨去吧。杨泊愠怒地走出公司的大铁门，走了几步又折身回到传达室的窗前。他看了看处于尴尬中的收发员，声音有点发颤，对不起，杨泊说，我最近脾气很坏，我不知这是怎么了，总是想骂人，总是很激动。收发员接受了杨泊真诚的道歉。收发员一边整理着桌上的信件一边说，没什么，我知道你心情不好，我知道离婚是件麻烦事。

连续五天，杨泊都收到了俞琼寄来的明信片。内容都是一样的，只是日期在一天天地变更。到了第六天杨泊终于忍不住跑到了俞琼的集体宿舍里。恰巧只有俞琼一个人，但她顶着门不让杨泊进去。

我现在不想见你。俞琼从门缝里伸出一只手，推着杨泊的身体，我说过我们要到春天再见，那些明信片你收到了吗？

你寄来的不是明信片，简直是地狱的请柬。

那是我的艺术。我喜欢别出心裁。你是不是害怕啦？

请你别再寄了。杨泊拼命想从门缝里挤进去，他的肩膀现在正好紧紧地卡在门缝中。杨泊说，别再寄了，你有时候跟朱芸一样令我恐惧。

我要寄。我要一直寄到春天，寄到你离婚为止。俞琼死死地顶着门，而且熟练地踩住杨泊的一只脚，阻止他的闯入。俞琼脸上的表情既像是撒娇，更像是一种示威。

让我进来，我们需要好好谈一谈。杨泊已经累得气喘吁吁，他想去抓俞琼的手，结果被俞琼用扫帚打了一记。杨泊只好缩回手继续撑住门。你不觉得你太残忍吗？杨泊说，你选择了错误的方式，过于性急只能导致失败。她昨天差点自缢而死，她也许真的想用死亡来报复，那不是我的目的，所以请你别再催我，请你给我一点时间吧。

我给了你一年时间，难道还不够？

可是你知道目前的情况，假如她真的死了，你我都会良心不安的。我们谁也不想担当凶手的罪名。一年时间不够，为什么不能是两年、三年呢？

我没这份耐心。俞琼突然尖声喊叫起来，然后她顺势撞上了摇晃的门，将杨泊关在门外。杨泊听见她在里面摔碎了什么东西。恶心，她的喊叫声仍然清晰地传到杨泊的耳中，我讨厌你的伪君子腔调，我讨厌你的虚伪的良心，你现在害怕了，你现在不想离婚了？不想离婚你就滚吧，滚回她身边去，永远别来找我。

你在说些什么？你完全误解了我说的话。杨泊颓丧万分地坐到地上，一只手依然固执地敲着身后的门，康德、尼采、马克思，你们帮帮我，帮我把话讲清楚吧。

恶心。俞琼又在宿舍里喊叫起来，你现在让我恶心透了。我怎么会爱上了你？我真是瞎了眼啦！

冬天以来杨泊的性生活一直很不正常。有一天夜里，他突然感到一阵难耐的冲动，杨泊在黑暗中辗转反侧，心里充满了对自己肉体的蔑视和怨恚。借越窗而入的一缕月光，能看见铁床另一侧的朱芸。朱芸头发蓬乱，胳膊紧紧地搂着中间的孩子，即使在睡梦中她也保持了阴郁的神经质的表情。杨泊深深地叹着气，听闹钟嘀嗒嘀嗒送走午夜时光。杨泊思想斗争了很久，最后还是决定像青春期常干的那样，来一次必要的自渎。

杨泊没有发现朱芸已经悄悄地坐了起来，朱芸大概已经在旁边观看了好久，她突然掀掉了杨泊的被子，把杨泊吓了一跳。

你在干什么？

没干什么。杨泊抢回被子盖住，他说，你睡你的觉，这不关你的事。

没想到你这么下流，你不觉得害臊吗？

我不害臊，因为这符合我的道德标准。杨泊的手仍然在被子下面摸索着，我还没完，你要是想看就看吧，我一点也不害臊。

朱芸在黑暗中发愣,过了一会儿她突然捂住脸失声痛哭起来。朱芸一边哭一边重重地倒在床上,杨泊听见她在用最恶毒的话诅咒自己,睡在两人之间的孩子被惊醒了,孩子也扯着嗓子大哭起来。杨泊的情欲一下子消失得无影无踪,剩下的事就是制止母子俩的哭声。杨泊首先安慰朱芸,别哭了,我不是存心气你。这是一种生理上的需要,杨泊说,我真的不是存心气你,请你别误会。

下流。朱芸啜泣着说。

我不会碰你。假如我碰了你,那才是下流,你明白吗?

下流。朱芸啜泣着说。

你非要说我下流我也没办法。杨泊无可奈何地摇了摇头。我现在想睡了。杨泊最后说,我没有错,至多是妨碍了你的睡眠。也许我该睡到别处去了,我该想想办法,实在找不到住处,火车站的候车室也可以对付。

你休想。朱芸突然叫喊起来,你想就这样逃走?你想把孩子撂给我一个人?你要走也可以,把你儿子一起带走。

杨泊不再说话。杨泊摊开双掌蒙住眼睛,在朱芸的絮叨声中力求进入睡眠状态。除此之外,他还听见窗外悬挂的那块腌肉在风中撞击玻璃的声音，远处隐隐传来夜行火车的汽笛声。每个深夜都如此漫长难捱，现在杨泊对外界的恐惧也包括黑夜来临，黑夜来临你必须睡觉，可是杨泊几乎每夜都会失眠。失眠以后他的眼球就会疼痛难忍。

临近农历春节的时候，南方的江淮流域降下一场大雪。城市的街道和房屋覆盖了一层白皑皑的雪被。老式工房里的孩子们早晨都跑到街上去堆雪人，窗外是一片快乐而稚气的喧闹声。杨泊抱着孩子看了一会儿外面的雪景，忽然想起不久前的北京之行，想起那个雪夜在天安门广场制定的四条离婚规划，如今竟然无一落实。杨泊禁不住嗟叹起来，他深刻地领悟了那条常被人们挂在嘴边的哲学定律：事物的客观存在是不以人的意志为转移的。

杨泊把儿子送进了幼儿园。他推着自行车走到秋千架旁边时，吃了一惊，他看见俞琼坐在秋千架上，她围着一条红羊毛围巾，戴了口罩，只露出那双深陷的乌黑的眼睛，直直地盯住杨泊看。她的头上肩上落了一层薄薄的雪花。

你怎么跑到这儿来了？杨泊迎了上去，他小心翼翼地打量着俞琼，你跑到这儿来等我？发生什么事了？

我让你看看这个。俞琼突然拉掉了脸上的口罩，俞琼的脸上布满了纵横交错的抓痕，它们是暗红色的，有两道伤痕切口很深，像是被什么利器划破的。你好好看看我的脸，俞琼的嘴唇哆嗦着，她美丽的容貌现在显得不伦不类，俞琼的声音听上去沙哑而凄凉，她说，你还装糊涂？你还问我发生什么事了？

是她干的？杨泊抓住秋千绳，痛苦地低下了头，她怎么会找到你的？她从来没见过你。

正要问你呢。俞琼厉声说着从秋千架上跳下来。她一边掸着衣服上的雪片，一边审视着杨泊，是你搞的鬼，杨泊，是你唆使她来的，你想以此表明你的悔改之意。杨泊，我没猜错吧。

你疯了。我对这件事一无所知，我没想到她会把仇恨转移到你身上。她也疯了，我们大家都丧失了理智。

我不想再听你的废话。我来是为了交给你这个发夹。俞琼从口袋里掏出一只黑色的镶有银箔的发夹，她抓住杨泊的手，将发夹塞在他手里，拿住它，你就用这个证明你的清白。

什么意思？杨泊看了看手里的发夹，他说，这是什么意思？为什么要给我发夹？

她就用它在我脸上乱抓乱划的，我数过了，一共有九道伤。俞琼的目光冰冷而专制地逼视着杨泊。过了一会儿她说，我现在要你去划她的脸，就用这只发夹，就要九道伤，少一道也不行。我晚上会去你家做客，我会去检查她的脸，看看你是不是真的清白。

你真的疯了。你们真的都疯了。我还没疯你们却先疯了。杨泊跺着脚突然大吼起来。他看见幼儿园的窗玻璃后面重叠了好多孩子的脸，其中包括他的儿子，他们好奇地朝这边张望着。有个保育员站在滑梯边对他喊，你们怎么跑到幼儿园来吵架？你们快回家吵去吧。杨泊意识到自己的失态，他骑上车像逃一样冲出了幼儿园的栅栏门。他听见俞琼跟在他身后边跑边叫，别忘了我说的话，我说到做到，晚上我要去你家。

杨泊记不清枯坐办公室的这一天是怎么过去的。他记得同事们在他周围谈论今冬的这场大雪，谈论天气、农情和中央高层的内幕。而他的手插在大衣口袋里，紧紧地握紧那只黑色的镶有银箔的发夹。他下意识试了试发夹两端的锋刃，无疑这是一种极其女性化的凶器。杨泊根本不想使用它。杨泊觉得俞琼颐指气使的态度是愚蠢而可笑的，她没有权利命令他干他不想干的事情。但是他不知道该怎样处理晚上将会出现的可怕场面。想到俞琼那张伤痕累累的脸，想到她在秋千架下的邪恶而凶残的目光，杨泊有点心灰意懒。他痛感到以前对俞琼的了解是片面的，也许他们的恋情本质上是一场误会。

这天杨泊是最后离开公司的人。雪后的城市到处泛着一层炫目的白光，天色在晚暮中似明似暗，街上的积雪经过人们一天的踩踏化为一片污水。有人在工人文化宫的门楼下跑来跑去，抢拍最后的雪景。笑一笑，笑得甜一点。一个手持相机的男孩对他的女友喊。杨泊刹住自行车，停下来朝他们看了一会儿。傻×，有什么可笑的？杨泊突然粗鲁地嘀咕了一句。杨泊为自己感到吃惊，他有什么理由辱骂两个无辜的路人？我也疯了，我被他们气疯了。杨泊这样为自己开脱着，重新骑上车。回家的路途不算太远，但杨泊骑了很长时间，最后他用双腿撑着自行车，停在家门前的人行道上。他看见那幢七十年代建造的老式工房被雪水洗涤一新，墙上显出了依稀的红漆标语。他看见三层左侧的窗口已经亮出了灯光，朱芸的身影在窗帘后面迟缓地晃动着，杨泊的心急遽地往下沉了沉。

你在望什么？一个邻居走过杨泊身边，他疑惑地说，你怎么在这儿傻站着？怎么不回家？

不着急。天还没黑透呢。杨泊看了看手表说。

朱芸做了好多菜，等你回家吃饭呢。

我一点不饿。杨泊突然想起什么，喊住了匆匆走过的邻居，麻烦你给朱芸带个口信，我今天不回家，我又要到北京去出差了。

是急事？邻居边走边说，看来你们公司很器重你呀。

是急事。我没有办法。杨泊望着三层的那个窗口笑了笑，然后他骑上车飞快地经过了老式工房。在车上他又从大衣口袋里掏出那只黑发夹看了看，然后一扬手将它扔到了路边。去你妈的，杨泊对着路边的雪地说，我要杀人也绝对不用这种东西。

杨泊不知道该去哪儿消磨剩余的时间，自行车的行驶方向因此不停地变化着，引来路人的多次抗议和嘲骂声。后来杨泊下了车，他看见一家公共浴室仍然在营业，杨泊想在如此凄冷的境遇下洗个热水澡不失为好办法。他在柜台上买了一张淋浴票走进浴室。浴室的一天好像已接近尾声，人们都在手忙脚乱地穿衣服。服务员接过杨泊的淋浴票，满脸不高兴的样子，怎么还来洗澡？马上都打烊停水啦。杨泊扮着笑脸解释说，我忙了一天，现在才有空。服务员说，那你快点洗，过了七点半钟我就关热水了。

淋浴间里空空荡荡的，这使杨泊感到放心。杨泊看见成群的一丝不挂的肉体会感到别扭，也最害怕自己的私处暴露在众目睽睽之下。这样最好，谁也别看谁。杨泊自言白语着逐个打开了八个淋浴龙头，八条温热的水流倾泻而出,杨泊从一个龙头跑到另一个龙头,尽情享受这种冬夜罕见的温暖。杨泊对自己的快乐感到茫然不解。你怎么啦?你现在真的像个傻×。杨泊扬起手掌掴了自己一记耳光。在蒸汽和飞溅的水花中他看见朱芸和俞琼的脸交替闪现,两个女人的眼睛充满了相似的愤怒。别再来缠我,你们也都是傻×。杨泊挥动浴巾朝虚空中抽打了一下。让我快乐一点。为什么不让我快乐一点?杨泊后来高声哼唱起来,这是庄严动听的《结婚进行曲》的旋律。杨泊不仅哼唱,而且用流畅的口哨声为自己伴奏起来。很快他被一种莫名的情绪感动得热泪盈眶,他哭了,所幸没有人会发现他的眼泪。

不准唱,你再唱我就关热水啦。浴室的服务员在外面警告杨泊说,我们要打烊,你却在里面磨磨蹭蹭鬼喊鬼叫。

我不唱了,可是你别关热水。让我再洗一会儿吧,你不知道外面有多冷。杨泊的声音在哗哗的水声中听上去很衰弱。烦躁的浴室服务员对此充耳不闻,他果断地关掉了热水龙头,几乎是在同时,他听见浴室里响起杨泊一声凄厉的惨叫。

杨泊离开浴室时,街道上已经非常冷清,对于一个寒冷的雪夜来说这是正常的。但杨泊对此有点耿耿于怀，那么多的人群，在他需要的时候都消失不见了。杨泊一个人在街上踽踽独行，他的自行车在浴室门口被人放了气阀，现在它成为一个讨厌的累赘。杨泊走到一个十字路口，分析了他所在的地理位置和下面该采取的措施。他想他只有去附近的大头家了，大头的居住条件优裕，他想他只有先在大头那里借宿一夜了。

敲了很长时间的门，里面才有了一点动静。有个穿睡衣的女人出来，隔着防盗门狐疑地审视着杨泊。杨泊发现女人的乳房有一半露在睡衣外面，他下意识地扭过了脸。

我找大头，我是他的朋友。杨泊说。

这么晚找他干什么？

我想在这儿过夜。

过夜？女人细细的眉毛扬了起来，她的嘴角浮出一丝调侃的微笑，你怎么来过夜？大头从来不搞同性恋。

杨泊看见那扇乳白色的门砰然撞上，他还听见那个女人格格的笑声，然后过道里的灯光就自然地熄掉了。他妈的，又是一个疯女人。杨泊在黑暗中骂了一声，他想他来找大头果然是自讨没趣。杨泊沮丧地回到大街上，摸摸大衣口袋，钱少得可怜，工作证也不在，找旅社过夜显然是不可能的。也许只有回家去？

杨泊站在雪地里长时间地思考，最后毅然否定了这个方案。我不回家，我已经到北京去出差了。我不想看见朱芸和俞琼之中的任何一个人。杨泊想，今天我已经丧失了回家的权利，这一切真是莫名其妙。

午夜时分，杨泊经过了城市西区的建筑工地。他看见许多大口径的水泥圆管杂乱地堆列在脚手架下。杨泊突然灵机一动，他想他与其在冷夜中盲目游逛，不如钻到水泥圆管中睡上一觉。杨泊扔下自行车钻了进去，在狭小而局促的水泥圆管中，他设计了一个最科学的睡姿，然后他弓着膝盖躺了下来。风从断口处灌进水泥圆管，杨泊的脸上有一种尖锐的刺痛感。外面的世界寂然无声，昨夜的大雪在凝成冰碴或者悄悄融化，杨泊以为这又是寒冷而难眠的一夜，奇怪的是他后来竟睡着了。他依稀听见呼啸的风声，依稀看见一只黑色的镶有银箔的发夹，它被某双白嫩纤细的手操纵着，忽深忽浅地切割他的脸部和他的每一寸皮肤。这样的切割一直持续到他被人惊醒为止。

两个巡夜警察各自拉住杨泊的一只脚，极其粗暴地把他拽出水泥圆管。怪不得工地上老是少东西，总算逮到你了。年轻的警察用手电筒照着杨泊的脸。杨泊捂住了眼睛，他的嘴唇已经冻得发紫，它们茫然张大着，吐出一声痛苦的呻吟，别来缠我，杨泊说，让我睡个好觉。

你哪儿的？来工地偷了几次了？年轻的警察仍然用手电照着杨泊的脸。

我疼。别用手电照我。杨泊说。我的眼睛受不了强光。

你哪儿疼？你他妈的少给我装蒜。

我脸上疼，手脚都很疼，我的胸口也很疼。

谁打你了？

没有谁打我。是一只发夹。杨泊的神情很恍惚，他扶着警察的腿从泥地上慢慢站起来，他说，是一只发夹，它一直在划我的脸。我真的很疼，请你别用手电照我的脸。

是个疯子？年轻警察收起了手电筒，看着另一个警察说，他好像不是小偷，说话颠三倒四的，眼神也不对劲。

把他送到收容所去吧。另一个警察说，他好像真有病。

不用了。我只是偶尔没地方睡觉。杨泊捂着脸朝他的自行车走过去，脚步依然摇摇晃晃的。他用大衣衣袖擦去座垫上的水汽，回过头对两个警察说，我不是疯子，我叫杨泊，我正在离婚。可是我已经没有力气去离婚了。

杨泊最后自然是没有离婚。春季匆匆来临，冬天的事情就成为过眼烟云。有一天，杨泊抱着儿子去书店选购新出版的哲学书籍，隔着玻璃橱窗看见了俞琼。俞琼早早地穿上一套苏格兰呢裙，和一位年轻男人手挽手地走过。杨泊朝他们注视良久，心里充满了老人式的苍凉之感。

书店的新书总是层出不穷的，杨泊竟然在新书柜台上发现了老靳的著作《离婚指南》，黑色的书名异常醒目。有几个男人围在柜台前浏览那书。杨泊也向营业员要了一本，他把儿子放到地上，打开书快速地看了起来。杨泊脸上惊喜的笑容渐渐凝固，渐渐转变为咬牙切齿的愤怒，最后他把书重重地摔在柜台上。

胡说八道。杨泊对周围的人说，千万别买这本书，千万别上当。没有人能指导离婚，他说的全是狗屁。

你怎么知道他说的全是狗屁呢？

我当然知道。杨泊说，请相信我，这本书真的是狗屁。

狗屁。杨泊的儿子快乐地重复杨泊的话。杨泊的儿子穿着天蓝色的水兵服，怀里抱着一把粉红色的塑料手枪。

1991 年

刺青时代

男孩小拐出生于一月之夜，恰逢大雪初歇的日子，北风吹响了屋檐下的冰凌，香椿树街的石板路上泥泞难行，与街平行的那条护城河则结满了厚厚的冰层。小拐的母亲不知道她的漫长的孕期即将结束，她在闹钟的尖叫声中醒来，准备去化工厂上夜班。临河的屋子里一片黑暗，小拐的母亲在黑暗中摸索了一会儿，提起竹篮打开了面向大街的门。街上的积雪已经结成了苍白的冰碴，除了几盏暗淡的路灯，街上空无一人。小拐的母亲想在雨鞋上绑两道麻绳以防路滑摔跤，但她无法弯下腰来，小拐的母亲就回到屋里去推床上的男人，她想让他帮忙系那些麻绳，男人却依然呼呼大睡着，怎么也弄不醒。小拐的母亲突然着急起来，她怕是要迟到了。她对着床上的男人低低咒骂了几声，决定抄近路去化工厂上班。

　　小拐的母亲选择从结冰的河上通过，因为河的对岸就是那家生产樟脑和油脂的化工厂。她打开了平时锁闭的临河的后门，拖着沉重的身体下到冰河上，像一只鹅在冰河上蹒跚而行，雨鞋下响起一阵细碎的冰碴断裂的声音。小拐的母亲突然有点害怕，她看见百米之外的铁路桥在月光里铺下一道黑色的菱形阴影，似乎有一列夜间货车正隆隆驶向铁路桥和桥下的冰河。小拐的母亲用绿头巾包住她整个脸和颈部，疾步朝对岸的土坡跑去，她听见脚下的冰层猛地发出一声脆响，竹篮从手中飞出去，直到她的下半身急遽地坠进冰层以下的河水中，她才意识到真正的危险来自于冰层下的河水，于是小拐的母亲一边大声呼救一边用双脚踢着冰冷的河水。她的呼救声听来是紊乱而绝望的，临河窗户里的人们无法辨别它来自人还是来自传说中的河鬼，甚至没有人敢于打开后窗朝河面上张望一下。

　　第二天凌晨，有人看见王德基的女人穿着红毛衣躺在冰河上。她抱着她的花棉袄，棉袄里包着一个新生的婴儿。

　　男孩小拐出生没几天他母亲就死了，在香椿树街的妇女看来小拐能活下来是一个奇迹，她们对这个没有母亲的婴孩充满了怜悯和爱心，三个处于哺乳期的女人轮流去给小拐喂奶，可惜这种美好的情景只持续了两三个月。问题出在小拐的父亲王德基身上，王德基在那种拘谨的场合从来不回避什么，而且他有意无意地在喂奶的妇女周围转悠，那三个女人聚在一起时都埋怨王德基的眼睛不老实，她们觉得他不应该利用这种机会占便宜，但又不好赶他走。终于有一次王德基从喂奶妇女手中去接儿子时做了一个明显的动作，一只手顺势在姓高的女人的乳房上摸了一把。姓高的女人失声叫起来，该死，她把婴孩往王德基怀里一塞，你自己喂他奶吧。姓高的女人恼羞成怒地跑出王家，再也没有来过，姓陈和姓张的女人也就不来了。

男孩小拐出生三个月后就不吃奶了，多年以后王德基回忆儿子的成长，他竟然不记得自己是怎么把小拐喂大的。他向酒友们坦言他的家像一个肮脏的牲口棚，他和亡妻生下的一堆孩子就像小猪小羊，他们在棚里棚外滚着拱着，慢慢地就长大了，长大了就成人了。

七十年代初期在香椿树街的男孩群中盛行一种叫钉铜的游戏。男孩们把各自的铜丝弯成线圈带到铁路上，在火车驶来之前把它放在铁轨上，当火车开走那圈铜丝就神奇地变大变粗了。男孩们一般就在红砖上玩钉铜的游戏，谁把对方的铜圈从砖上钉落在地，那个被钉落的铜圈就可以归为己有。

曾有一个叫大喜的男孩死于这种游戏，他翻墙去铜材厂偷铜的时候被厂里的狼狗吓着了，人从围墙上坠下去，脑袋恰恰撞在一堆铜锭上。大喜之死给香椿树街带来了一阵惶乱，人们开始禁止自己的孩子参与钉铜游戏。但是男孩们有足够的办法躲避家人的干扰，他们甚至把游戏的地点迁移到铁路两旁，干脆就在枕木堆上继续那种风靡一时的游戏。每个人的口袋里塞满了铜丝，输光了就临时放在轨道上等火车碾成铜圈，那年月来往于铁路桥的火车司机对香椿树街的这群孩子无可奈何，他们就一遍遍地拉响尖厉的汽笛警告路轨旁的这群孩子。

后来人们听说王德基的儿子也出事了，男孩小拐的一条腿也在这场屡禁不绝的钉铜游戏中丧失了。这次意外跟小拐的哥哥天平有关，是天平让小拐跟着他上铁路的。那天天平输红了眼睛，他没有心思去照看年幼的弟弟，他不知道小拐为什么突然窜到火车前面去捡东西。大概是一只被别人遗漏的铜圈吧。火车的汽笛和小拐的惨叫同时刺破铁路上的天空，事情就这样猝不及防地发生了。

香椿树街的居民还记得天平背着他弟弟一路狂奔的情景，从天平残破的裤袋里掉出来一个又一个铜圈，从小拐身上淌下来的是一滴一滴的血，铜圈和血一路均匀地铺过去。那一年小拐九岁，人们都按着学名叫他安平，叫他小拐当然是以后的事了。

小拐在区医院昏死的时候他的两个姐姐陪着他，大姐锦红和二姐秋红，锦红不断地呜呜哭泣着，秋红就在一旁厉声叱责道，哭什么哭？腿轧断了又接不回去，光知道哭，哭有什么用？

王德基在家里拷打肇事的天平，他用绳子把天平捆了起来，先用脚上的劳动皮鞋踢。踢了几脚又害怕踢了要害得不偿失，就解下皮带抽打天平。王德基一只手拉着裤腰一只手挥舞皮带，多少有点不便，干脆就脱了工装裤穿着个三角裤抽打天平。天平起先一直忍着，但父亲皮带上的金属扣刮到了他的眼睛，天平猛然吼叫一声，×，我×你娘。王德基说，你说什么？你要×我的娘？天平一边拼命挣脱着绳子，一边鄙夷地扫视着衣冠不整的父亲，你算老几？天平舔了舔唇边的血沫说，实话告诉你吧，我已经参加了野猪帮，你现在住手还来得及，否则我的兄弟不会饶过你的。王德基愣了一下，捏着皮带的手在空中滞留了几秒钟，然后就更重地往天平身上抽去，我让你参加野猪帮，王德基边打边说，我还怕你们这帮毛孩子，你把野猪帮的人全叫来，我一个个地抽过去。

王德基为他的一句话付出了代价。隔天夜里他去轧钢厂上夜班，在铁路桥的桥洞里遭到野猪帮的袭击。他的自行车被横跨桥洞的绳子绊倒了，人还没从地上爬起来，一只布袋就扣住了他的脑袋，一群人跑过来朝他腹部和后背一顿拳脚相加，王德基只好抱住头部在桥洞里滚。过了一会儿那群人散去，王德基摘下头上的布袋想辨别袭击者是谁，他看见七八条细瘦的黑影朝铁路上散去，一眨眼就不见了。周围一股香烟味，那根绳子扔在地上。然后他发现手里的那只布袋上写着"王记"二字，原来就是他家的量米袋子。王德基想起儿子天平昨天的威胁，不禁惊出了一身冷汗。一辆夜行列车正从北方驶来，即将穿越王德基头顶上的桥洞，桥洞的穹壁发出一阵轰鸣声。王德基匆匆忙忙地把量米袋子夹在自行车后架上，跳上去像逃似的穿过了铁路桥。

一条香椿树街静静地匍匐在月光下，青石板路面和两旁的低矮的房屋上闪烁着一些飘游不定的阴影，当火车终于从街道上空飞驰而过时，夜行人会觉得整条街都在咯吱咯吱地摇晃，王德基骑在车上朝前后左右张望，他生平第一次对这条熟悉的街道产生了一丝恐惧之心。

男孩小拐对于车祸的回忆与目击者的说法是截然不同的,他告诉两个姐姐锦红和秋红,有人在火车驶来时朝他推了一把,他说他是被谁推到火车轮子下面的。但当时在铁路上钉铜的男孩有五六个人,其中包括他的哥哥天平。他们发誓没有人推过小拐,他确实是想去捡一只被别人遗漏的铜圈的。

香椿树街的人们认为小拐在说谎,或者是那场飞来横祸使他丧失了记忆,这个文静腼腆的男孩从此变得阴郁而古怪起来,他拖着一条断腿沿着街边屋檐游荡,你偶尔和他交谈几句,可以发现这个独腿男孩心里生长着许多谵妄阴暗的念头。

是你推了我。小拐走进红旗的家里对红旗说。红旗家里的人都围着饭桌吃饭,他们用厌恶的目光斜睨着小拐,谁也不理他。是你推了我。小拐碰了碰红旗端碗的手,他的声音听上去是干巴巴的。他等待着红旗的回答,但红旗突然放下饭碗,双手揪住小拐的衣领把他拎了起来,一直拎到门外,红旗猛地松开手,小拐就像一个玩具跌在地上了。红旗的鼻孔里哼了一声,揍不死你。他摊开手掌在门框上擦了擦,然后就撞上门把小拐关在门外了。隔着门红旗又高声警告他，下次再敢来我敲断你的好腿，你以为我怕你哥哥天平？回去告诉天平，他们野猪帮如果动我一根毫毛，白狼帮和黑虎帮的人就来铲平他们的山头。

红旗是一个过早发育的膀大腰圆的少年，他与天平曾经是好朋友后来又反目为仇，一切缘于他们参加了两个不同的帮派。小拐三番五次的无理纠缠使红旗非常恼怒，他不知道为什么小拐会咬定是他推了他一把。红旗怀疑在小拐的后面隐藏着另一种挑衅，它来自天平和野猪帮那里。那些日子里红旗出门不忘在鞋帮里别上一把三角刀，而且他特意挑选傍晚街上人多的时候坐在门口磨刀，一块偌大的扇形砂轮，砂轮边躺着三种刀器：三角刮刀、劈柴的斧子和切菜用的菜刀，少年红旗就坐在门口，蘸着一盆暗红的水，沙啦沙啦地磨刀。他瞥见小拐站在街角杂货店门口，小拐抓着一根树枝无聊地抽打着墙壁，他似乎窥望着红旗家这边的动静。红旗仍然在路人的侧目下磨着刀，脸上露出倨傲的微笑，他从来没把小拐放在眼里。

几天后的一个早晨，红旗家的人不约而同地发现家里有一股味，像是死物身上散发出来的，一家人满屋子寻找臭味的根源，终于在米缸后面找到一只腐烂的死猫。红旗用竹竿把死猫挑到街上，他母亲就跟出去在门口高声咒骂起来，一家人都认定是王德基的断腿儿子干了这件卑劣下流的事情。

王德基家离红旗家隔了七八户门洞，红旗看见男孩小拐的脸在门口探了一下，然后就缩进去不见了。红旗扔掉手里的竹竿，冷笑着说，只要让我抓住，看我不把他揍成肉酱。

男孩小拐第二天夜里就被红旗抓住了。小拐手里捧着一包东西，刚要往红旗的门上涂抹，红旗就像猛虎窜出去揪住了小拐，小拐慌忙扔掉了那个纸包，但粪便的臭味残留在小拐的手心和指缝里。红旗抓住小拐的手闻了闻，就势打了他一耳光，然后他把小拐压在电线杆上开始揍他。揍不死你，红旗的两只脚左右开弓踢小拐的臀部和肋下，揍不死你。红旗的踢踏动作随小拐的呼救愈发迅疾猛烈起来，小拐一声声尖叫着，一只手孤立无援地指向自己的家，另一只手紧紧抱着电线杆。

先是锦红和秋红从家里奔出来了，两个女孩冲上去想架住红旗，但红旗力大无比，手一用就把她们甩开了。锦红上去抱住了小拐，秋红却趁红旗不防备突施冷箭，她学了杏椿树街妇女与男人干架的有效措施，在红旗的双腿之间猛地捏了一把。不要脸的畜生，秋红咬着牙骂道，欺负小拐算什么本事？有种你跟我家天平打去。

少年红旗就这样狂叫起来,叫声引来了红旗一家人。秋红的耍泼无疑把他们激怒了。红旗的母亲和祖父祖母都参与了这场街头混战,他们撕扯着王家姐妹的头发和衣裳,并且用肮脏的语言咒骂着他们。秋红和锦红保护着小拐夺路而逃。在一片哭叫声中,附近人家沿街的窗户纷纷推开,邻居们看见王家的三个儿女像一群被拔光了羽毛的鸟禽,从窗前仓皇而逃。后来街上就响起了红旗母亲无休无止的诅咒声,主要是针对秋红的。狼心狗肺的小婊子货,你想让我家断子绝孙?红旗是三代单传的男丁,你捏坏了他赔得起吗?秋红在她家门后不甘示弱地回敬一句,他活该,谁让他欺负小拐?红旗的母亲被秋红再次激怒了,她用什么硬物敲着王家的门,一窝没人管教的小畜生,红旗的母亲边敲边说,我家红旗要是有个三长两短,我就剜了你的小 × 喂狗吃。

那天夜里恰巧王德基上夜班,而天平正在别人家里玩扑克牌。香椿树街的人认为这是一个善意的巧合,否则那天夜里的事情是不会就此平息的,六月的石灰厂之祸也许就在当天发生了。

男孩小拐对他哥哥天平充满了崇拜之情,他总是像一个影子似的尾随着天平,天平走到哪里小拐就跟到哪里。但自从天平加入野猪帮以后这种情形就难以为继了，天平开始厌恶小拐影子般的追随。别跟着我，他用一种不耐烦的语言驱逐小拐，你不能跟着秋红玩吗？有时候天平干脆利用小拐的行动不便，在路上加快步子伺机甩掉他弟弟小拐。即使这样小拐也能准确地捕捉到天平的踪影，有时候天平刚刚在骆驼家系上练功的皮带，小拐就像一个幽灵闪进了院门，他悄然缩在墙角，静静地审视着天平的一举一动。天平就变得烦躁起来，操，他一边击打着沙袋一边发泄着对小拐的恼恨，为什么要跟着我？谁要是欺负你你来告诉我，好端端的为什么老是跟着我？

红旗打了我。男孩小拐抠了抠鼻孔，他用单拐的端部在地上划着圈说，红旗家的人还打了秋红和锦红。

这事我知道了，我答应你们找红旗算账的。

红旗打了我，他还打了秋红和锦红。小拐重复了一遍他已说过的话。

我知道了。天平皱着眉头说，这些事你不懂，是我们野猪帮和他们白狼帮的事，别着急，收拾他们的日子快要到了。

男孩小拐不知道他哥哥的允诺就是几天后发生的石灰厂之战。那场大规模的血殴后来轰动了整个古城，成为血性少年们孜孜不倦的话题，而男孩小拐在他的少年时代常常向别人提及著名的石灰厂之战和他哥哥天平的名字，信不信由你，小拐对别人说，野猪帮的人是为了我去石灰厂的，那封生死帖是我哥哥送给白狼帮的，信不信由你，我哥哥是为了给我报一箭之仇。

事实上除了石灰厂砖窑上的几个工人之外，几乎没人有机会目击五十一名少年在垃圾瓦砾堆上的浴血之战。他们选择的地点是香椿树街以北三里的石灰厂后面的空地，时间则是天色乍亮的清晨五点钟，砖窑上的工人看见两拨人从不同的方向朝空地上集结而来，有人把铁链挂在脖子上，有人边走边转动手里的古巴刀，白狼帮的人甚至扛着一面用窗帘布制成的大旗，旗上有墨汁绘成的似狼似狗的动物图案。在仅仅几分钟的对峙后，两支队伍就乱成一堆了，从刀器和人的嘴里发出的呼啸声很快覆盖了石灰厂那台巨大的粉碎机运转的噪声。

砖窑上的那几个工人对那场血战不堪回首，他们心有余悸地描摹当时的情景，疯了，那帮孩子都疯了，他们拼红了眼睛，谁也不怕死。他们说听见了尖刀刺进皮肉的类似水泡翻滚的声音，他们还听见那群发疯的少年几乎都有着流行的滑稽的绰号，诸如汤司令、松井、座山雕、王连举、鼻涕、黑×、一撮毛、杀胚。那帮孩子真的发疯了，几个目击者摇着头，举起手夸张地比画了一下，拿着刀子你捅我，我劈你的，血珠子差点就溅到我们砖窑上了。

男孩小拐记得那天早晨他是被街上杂沓的脚步声和救护车的喇叭惊醒的。街上有人尖声喊着：石灰厂，出人命啦。锦红和秋红已经穿好了衣裳准备去看热闹，小拐心急慌忙地摸不到他的拐杖，就一把攥住了锦红的长辫子。带我去，小拐叫道，带我去看死人。

锦红背着弟弟小拐，秋红边跑边用木梳梳着头发，姐弟三人也汇聚在街上的人流里朝北涌动，他们不知道石灰厂到底发生了什么事。秋红边跑边问旁边的人，怎么回事？是谁死了？那人气喘吁吁地说，打架，听说死了好几个。姐弟三人不知道天平就是其中之一，所以后来他们看见几个警察把天平从瓦砾堆里拖出来时都吓呆了，天平的衣服被撕割成布条在晨风中飘动，半尺长的刀口处露出了肠子，从他的身体各处涌出的血像泉眼沿途滴淌。天平的眼睛怒视着天空，但是他被人拖拽的情形就像一根圆木了无生气，看样子他已经死了。男孩小拐记得两个姐姐同时失声狂叫起来，然后他就从大姐锦红的背上摔了下来。

男孩小拐坐在瓦砾上环顾四周，石灰厂附近笼罩着一种杂乱的节日般的气氛。小拐看见他们把天平抬上一辆平板车，锦红和秋红哭叫着拉住一个车把，快送他去医院，秋红跺着脚对警察喊，快点吧，快去医院。板车另一侧的一个警察说，还去什么医院？他已经咽气了。另一个却阴沉着脸说，他要没咽气还得去拘留所。小拐看见那辆平板车在工业垃圾和杂草间颠动着，慢慢地朝他这边拖来，现在他知道板车上的那具死尸就是他哥哥天平，他觉得天平就像一根圆木被人装在板车上，就像一根圆木在车上颠动着，一切都显得离奇而古怪。小拐迎着板车站起来，他怀着惶惑的心情朝天平的手臂猛地一触，触及的是天平饱满发达的肱二头肌，但那是近乎瞬间的一次触碰，男孩小拐的手像是被火烫了一下，或者是被冰刺了一下，他惊惶地缩回了他的手，曾经与他并手比足的那个身体突然变得如此恐怖如此遥远，男孩小拐第一次发现天平的手臂上刺了图纹，那是一只简单而丑陋的猪头。

他有刺青。男孩小拐突然叫道，他的手臂上有一只猪头，他是野猪帮的大哥了。

六月初王德基家的天平死了，天平的丧事办得很简单，这是因为那些日子天气异常炎热，王德基没有钱去冰厂订购那种大冰砖，死者在家里只停放了一天一夜就送出门了。王德基在悲伤而忙碌的日子里筋疲力尽，他对那些前来吊唁的邻居说，早知道这样，不如我自己动手结果他的性命。

租用火葬场的白色灵车也是要花钱的,王德基舍不得掏钱,就去邻近的石码头借了辆三轮车,然后用塑料布为天平制作了一个简易凉棚。这样,六月灼热的阳光被遮挡住了,天平盖着白被单躺在车上,看上去就像一个苍白的患了急病的少年。王德基自制的灵车从容地经过香椿树街,有不知详情的路人在街口问他,老王,送谁上医院?王德基闷闷地说,儿子。低着头骑了一程,王德基看见天平就读的红旗中学的铁门从身边一掠而过,操场上有一群男孩正在踢足球。王德基突然悲从中来,一边骑着车一边哽咽起来,操,别人家的孩子都活蹦乱跳的,偏偏就轮到我家,废了一个不够,现在又死了一个。王德基就这样骑着灵车涕泗满面地经过城北的街道,他不知道小拐早悄悄地钻到了车上,他毫无畏惧地坐在天平的尸体旁边向往着火葬场新鲜的不为人知的风景。后来灵车经过北门的瓜果集市,王德基想起天平一直是贪吃西瓜的,小时候曾经为了抢夺秋红的那块,王德基扬手打掉了天平的一颗门牙。王德基犹豫了一会儿停下车,就近买了半只切开的红瓤瓜放到天平身旁,猛地就发现了小拐,小拐直直地瞪着西瓜,说,我要吃西瓜。王德基的手下意识扇过去,但最后只滞留在小拐的头顶上,

085

过了一会儿他说，你吃吧，反正天平也不会吃瓜了。

男孩小拐后来就坐在天平的灵车上吃西瓜，那是一只南方罕见的又甜又脆的西瓜，直至几年以后小拐还记得嘴里残留的那股美妙的滋味。除此以外占据小拐记忆的依然是天平手臂上的刺青，在去火葬场的途中，男孩小拐多次撩起死者的衣袖，察看他左手臂上的猪头刺青，它在死者薄脆的皮肤上放射着神奇的光芒。

警车呼啸着驶进狭窄的香椿树街，警察们带走了松井、鼻涕、汤司令这帮少年，而白狼帮的红旗却突然从他家里消失不见了，一个梳着羊角辫的女孩子穿过围观的人群，用一种冷静的语调向警察报告了红旗的踪迹，他在河里，女孩指着河的方向说，他泡在水里，头上顶了半只西瓜皮。她后面跟着一个跛脚的男孩，男孩则尖声指出头顶西瓜皮是从电影里学来的把戏，男孩说，我知道他是从《小兵张嘎》里学来的，是我先看见他的。

所以红旗被推上警车的时候是光着脚的，身上只有一条湿漉漉的短裤头。一个警察从红旗的头顶上摘下那半只西瓜皮，扔出去很远，围观的人群里就发出一片哄笑声。有人将惊诧的目光转向王德基家的两个孩子，秋红和小拐，秋红像一个成熟的妇女那样撇了撇嘴，然后她拍了拍她弟弟的脑袋，小拐，我们回家。

夏天的大搜捕使城市北端变得安静萧条起来，那些三五成群招摇过市的少年像草堆被大风吹散，不再有尖厉的唿哨刺破清晨或黄昏的空气，凭窗而站的香椿树街的居民莫名地有点烦躁，他们觉得过于清净的街道并非一种平安的迹象，似乎更大的灾祸就要降临香椿树街了。

男孩小拐穿着他哥哥天平遗留的白衬衫在街上游逛，有一天他在码头的垃圾里看见一面残破的绘有狼形图案的旗帜，旗上可见暗红色的疏淡不一的干血。小拐认出那是白狼帮的旗帜，他不知道他们为什么要把旗帜扔在这里，也许那帮人在大搜捕后已经吓破了胆，也许伤亡和被捕使强大的白狼帮形如匆匆一掠的流星。小拐拾起了那面旗帜，小心地把它折起来掖在裤腰里，他想把它带回家藏好。石码头上有装卸工在卸一船油桶，油桶就在水泥地上骨碌碌地滚向街道另一侧的工厂大门，男孩小拐灵活地绕开油桶往家里走，他相信装卸工们没有发现他藏起了一面白狼帮的旗帜。从此以后男孩小拐拥有了一个真正的秘密。

作为男孩小拐唯一的朋友，我曾经见过精心藏匿的白狼帮的旗帜，他打开一只木条钉成的工具箱说，这就是我的百宝箱。箱子里装满了过时的铜片、烟壳、玻璃弹子和破损了的连环画，那面神秘的令人浮想联翩的旗帜放在箱子的最底层，上面还铺盖了几张报纸。

这是白狼帮的旗，男孩小拐的眼睛在阁楼黯淡的光线里闪闪烁烁，他把那面旗快疾地摊开，然后又快疾地叠好。我哥哥他们的野猪帮大旗我还没找到，小拐说，他们也有一面旗，比这面旗大多了，我看见过野猪帮的大旗。

你藏着它想干什么？

小拐没有回答我的疑问，或许他根本没听见我的疑问，我看见他把百宝箱用挂锁锁好了，推到阁楼的角落里，然后用一种坚定的语气说，我会找到那面旗的，我要复兴野猪帮。

那是红鸡冠花盛开的晚夏的一天，在小拐家闷热肮脏的阁楼上，我清晰地听见男孩小拐说，我要复兴野猪帮。

九月孩子们重归学校，假期发生的石灰厂之战仍然使高年级的男孩津津乐道，他们坐在双杠和矮墙上谈论着白狼帮和野猪帮孰优孰劣，各执一词难以统一意见。后来校工老董的儿子董彪说，你们别争了，白狼帮和野猪帮算什么人物,真正厉害的是城西的梅花帮,梅花帮的人胸前都刺一朵梅花。

董彪在胡说。男孩小拐当着许多人的面戳穿了董彪的谎言,他说,城西没有什么梅花帮,只有龙虎八兄弟,他们和野猪帮是盟友。左臂刺龙,右臂刺虎,根本不刺梅花。

男孩小拐因此招来了董彪日复一日的追逐和报复。我看见男孩小拐像一只袋鼠在泡桐树林里绕行奔跑,因过早发育而成为学校一霸的董彪快乐地追逐着小拐,董彪最后把小拐按在树干上,用膝盖猛力地顶击小拐完好的那条左腿,这样男孩小拐总是应声倒在董彪的脚下。有一次董彪忽发异想地解开裤扣,对着手下败将撒了泡尿。董彪说,去叫你哥哥来,你哥哥算什么?就是他活着我也敢揍你。

我知道那是小拐童年时代最灰暗的日子,几乎每一个男孩都敢欺负王德基的儿子小拐,他姐姐秋红和锦红对他的保护无法与天平活着时相比,在香椿树街的生活中叽叽喳喳的女孩子一向是微不足道的。除我之外大概没有人知道小拐心里那个古怪而庞大的梦想,关于那面传说中的野猪帮的旗帜,关于复兴野猪帮的计划。小拐曾经邀我同去寻访那面旗帜的踪迹,被我拒绝了。在我看来小拐已经成为一种羸弱无力备受欺辱的象征，他的那个梦想因此显得可笑而荒诞。

曾经有人效仿董彪在学校沙坑那儿追打小拐，体育教师上去把他们拉开了。体育教师责问那个男孩，为什么要打他？你欺负他腿不好？那个男孩很诚实，他说，他哥哥天平死了。体育教师又问，他哥哥死了你就打他？这是为什么？男孩涨红了脸踩踏着沙坑里的黄沙，最后他又说了一句大实话，他腿瘸，他跑不快。

关于男孩小拐的拜师习武在香椿树街有种种说法，人们普遍认为那是王德基为了儿子免受欺侮的权宜之计，是王德基把小拐送到延恩巷的武林泰斗罗乾门上习武的，还有一种说法误传天平是罗乾的门徒之一，罗乾肯收下小拐是缘于这段人情，但是男孩小拐后来轻蔑地否定了这些想当然的猜测，他说罗乾从来不搭理那些少年帮派，当然也不认识他死去的哥哥天平，他父亲王德基就更不认识罗乾了，他那种人怎么会认识罗乾？男孩小拐提及他父亲时满脸不屑之色，然后他用一种神秘的口气说，我是我师父的关门弟子，你别告诉人家。

他为什么要收你做关门弟子呢？问话的人毫不掩饰话里的潜台词，为什么罗乾要收一个断了一条腿的孩子做关门弟子呢？

我跪着求他，我跪了很长时间。男孩小拐终于把所有的秘密和盘托出，我给他看腿上手上的伤，我告诉他所有的人都来欺负我，你猜他最后怎么说？男孩小拐环顾着周围的孩子，眼睛里充满了喜悦和激情之光，罗乾最后把我抱起来，他说既然所有人都来欺负你，那我就教你去欺负所有的人。

男孩小拐本人的说法也令人半信半疑，但是香椿树街上有不少人亲眼目睹他出入于延恩巷罗乾的家门，不管怎么说，小拐现在是一个习武的孩子，香椿树街头的男孩们再也不敢轻易对他施以拳脚了。

最初小拐把三节棍插在书包里去上学，每次在学校遇见董彪时，小拐仍然提防着董彪对他的袭击，他的手紧紧地抓住三节棍的一端。董彪试探着靠近他，你拿着三节棍装什么蒜？董彪说，你瘸了条腿怎么用三节棍？但是小拐猛地从书包里抽出三节棍时董彪还是害怕了，董彪嘀咕了一句就溜走了。他妈的你吓唬谁？他边走边说，吓唬谁？

那是男孩小拐开始扬眉吐气的日子，我曾经在他的书包里看见过多种习武器械，除了他随身携带的三节棍外，还有九节鞭、月牙刀、断魂枪，等等，这些极具威慑力和神秘色彩的名称当然是小拐亲口告诉我的。我记得一个秋日的黄昏，在石码头布满油渍的水泥地上，男孩小拐第一次当众表演了他的武艺，虽然是初学乍练，但我们还是听到了三节棍和九节鞭清脆悦耳的声音，舞鞭的男孩小拐脸上泛起鲜艳的红晕，双目炯炯发亮，左腿的疾患使小拐难以控制身体的重心，他的动作姿态看上去多少有些生硬和别扭，但是在石码头上舞鞭弄棍的确实是我们所鄙夷的男孩小拐，到了秋天他已经使所有人感到陌生。

四五个男孩坐在石码头的船坞上，听小拐描绘他师傅罗乾的容貌和功夫。秋天河水上涨，西斜的夕阳将水面和两岸的房屋涂上一种柑橘皮似的红色，香椿树街平庸芜杂的街景到了石码头一带就变得非常美丽。空气中隐约飘来化工厂油料燃烧的气味，而那些装满货物的驳船正缓缓通过河面，通过围坐在船坞上的孩子们的视线。

我师傅只比我高半个脑袋，男孩小拐用手在头顶上比画了一下，他看了看其他孩子的表情又补充道，你们不懂，功夫深的人个子都很矮小。

我师傅留一丛山羊胡子，雪白雪白的，你们不懂，功夫深的人都要留山羊胡子的。男孩小拐还说。

我对延恩巷的武林高手罗乾的了解仅限于那天男孩小拐的一夕之谈。像所有的香椿树街少年一样，我也曾渴望拜罗乾为师学习武艺，但据说那个老人深居简出性情孤僻，除了小拐以外，拒绝所有陌生人走进他的种满药草的院子。整个少年时代我一直无缘见识罗乾的真面目。后来我知道关于延恩巷罗乾的传说完全是一场骗局，知悉内情的人透露罗乾只是一个年老体衰的病人，他每天例行的舞刀弄棍只是他祛病延年的方法，因为罗乾患有严重的哮喘和癫痫症。这个消息曾令我莫名惊诧，但那已经是多年以后的事了，昔日的男孩小拐已经成为香椿树街著名的风云人物，骗局的受害者也已淡忘了许许多多的童年往事。

城北的居民风闻野猪帮又重新出现，他们对此都觉得奇怪，因为野猪帮的那批少年在夏天的大搜捕中已经被一网打尽了。但是许多人家养的鸡都在夜晚相继失踪，石码头的垃圾上堆满了形形色色的鸡毛，从这一点判断确实又有少年们在歃血结盟了。

人们想不到野猪帮的新领袖是王德基家的小拐，更想不到新的野猪帮只是一群十四五岁的男孩。

歃血结盟的仪式是在王德基家的阁楼上举行的，狭小低矮的阁楼里充满了新鲜鸡血的腥味，大约有九个男孩，每人面前放了一碗鸡血，他们端起碗紧张而冲动地望着小拐。喝下去，小拐说，他的声音听上去不容违抗，你们怕什么？人血都不怕还怕鸡血吗？

一个男孩先端起碗在碗沿上小心地舔了一下，另一个男孩则捏着鼻子喝了半碗，突然大叫起来，太腥了，我要吐。你们能干什么事？然后小拐出乎意料地亮出了他的九节鞭，你们到底喝不喝？不喝就挨鞭子，小拐晃动着他的九节鞭说，喝鸡血还是挨鞭子？你们自己挑吧。

阁楼上的那群男孩终于还是选择了鸡血，但是他们的呕吐物已经把床铺和板墙弄得污秽不堪，在一片反胃的呕吐声中小拐打开了他珍藏的白狼帮的旗帜，我没找到野猪帮的大旗，就拿它代替吧，小拐把那面破旗铺在地板上，考虑了片刻说，把白狼用墨汁涂掉，画上一只猪头就行了，他们就是这么干的。

小拐的大姐锦红这时候从竹梯爬上了阁楼，你们在上面闹什么？都给我下去。锦红一转脸就发现了满地秽物，不由尖叫起来，该死，你们到底在干什么坏事？阁楼简直成了猪厩了。已经有人开始往竹梯前走，但是男孩小拐伸出他的九节鞭挡住了他们的去路。

谁也不许逃。男孩小拐声色俱厉，他说，仪式刚刚开始，谁也不许逃。

让他们走，小拐你快让他们走。锦红忙着要清扫地板，一边扫一边对男孩们说，要闹到外面闹去，你们把我家当公园啦？

你别管我们的事，下楼去，我让你下楼去。男孩小拐用鞭柄朝锦红背上戳了一下，我让你别管你就别管。

不准再闹了，要闹到外面去，别在阁楼上闹。锦红说着就用扫帚把男孩们往竹梯上赶，但是随着一声清脆的鞭击，少女锦红就像一只受惊的鸟尖叫着跳起来，她的手伸到背后去摸她的长辫，摸到的是一只失落的蝴蝶结和一绺断发。

是男孩小拐用九节鞭抽落了他姐姐的半截辫梢和辫子上的红蝴蝶结。那群男孩看见少女锦红因惊吓过度而异常苍白的脸，她的嘴哆嗦着似乎想骂小拐，但终于什么也没有说。而持鞭的男孩小拐坐在那面破旗上，眼睛里依然喷射出阴郁的怒火，他说，我让你别来管我的事，为什么你偏偏不听？

香椿树街两侧的泡桐树是最易于繁殖的落叶乔木，它们在潮湿而充满工业废烟的空气里疯狂地生长，到了来年的夏季，每家每户的泡桐树已经撑起一片浓密的树荫，遮盖了街道上方狭窄的天空。香椿树街的男孩也像泡桐一样易于成长，游荡于街头的少年们每年都是新的面貌和新的阵容，就像路边的泡桐每年都会长出更绿更大的新叶。

一九七五年之夏是属于少年小拐的。新兴的野猪帮在城市秩序相对沉寂之时犹如红杏出墙，吸引了人们的目光。在黄昏的街头，一群处于青春期的少年簇拥着他们的领袖，矮小瘦弱的少年小拐，他们挤在一辆来历不明的三轮车上往石灰厂那里集结而去。石灰厂外面的空地是他们聚会习武的最好去处，就在那里他们把校工老董的儿子绑在树干上，由小拐亲自动手给他剃了个丑陋的阴阳头，然后小拐用红墨水在董彪暴露在外的头皮上打了几个叉，据说这是被野猪帮列入黑名单者的标志。被列入黑名单的还有其他六七个人，甚至包括学校的语文教员和政治教员。

我知道少年小拐在制定帮规和戒条时煞费苦心，他告诉我天平他们的野猪帮是有严格的帮规和戒条的，由于保密小拐无从知道它们的内容。他对此感到茫然。后来少年小拐因陋就简地模仿了解放军的三大纪律八项注意条令，稍作修改用复写纸抄了许多份散发给大家，至于戒条则套用了一句流行的政治口号：人不犯我，我不犯人，人若犯我，我必犯人。

少年小拐面临的另一个问题是如何刺青。城里仅有的几个刺青师傅都拒绝替这群未成年的少年文身，而且拒绝传授刺青的工艺和技术。失望之余小拐决定自己动手摸索，他对伙伴们说，没什么稀罕的，他们不干我们自己干，只要不怕疼，什么东西都能刺到身上去。

新野猪帮的刺青最终失败了。他们想象用一柄刀尖蘸着蓝墨水在皮肤上刻猪头的形状，但是尖锐的疼痛使许多人半途而废，少年小拐痛斥那些伙伴是胆小鬼，他独自在阁楼上百折不挠地摸索刺青技术，换了各种针具和染料，少年小拐一边呻吟一边刺割着他的手臂，渴望猪头标志跃然于他的手臂之上，他的手臂很快就溃烂发炎了，脓血不停地从伤处滴落下来，在王德基每天的咒骂和奚落声中，少年小拐终于允许他姐姐锦红和秋红替他包扎伤口，他说，十天过后，等纱布拆除了，你们会看见我手臂上的东西。

拆除纱布那天少年小拐沉浸在一种沮丧的情绪中，他发现自己的冒险彻底失败了，手臂上出现的不是他向往的威武野性的猪头标志，而是一块扭结的紊乱的暗色疤瘢。少年小拐捂着他的手臂在家里嗷嗷地狂叫，就像一条受伤的狗。叫声使刚从纺织厂下班回家的锦红难以入睡，锦红烦躁地拍打着床板说，别叫了，让我睡上一会儿。少年小拐停止了叫喊，他开始用拳头拼命捶击阁楼的板壁，整座朽败的房子微微摇晃起来。锦红一气之下就尖着嗓门朝阁楼上骂了一句，我 × 你妈，你只剩了一条腿，怎么就不能安分一点？锦红骂完就后悔了。她看见弟弟小拐从竹梯上连滚带爬冲下来，手里举着一把细长的刀子，锦红从小拐阴郁而暴怒的眼神中判出他的可怕的念头，抱着枕头就跳下床，慌慌张张一直跑到门外。

锦红光着脚，穿着背心和短裤站在街上，手里抱了一只枕头，过路人都用询问的眼神注视着王德基家的女孩锦红。锦红你怎么啦？锦红脸色煞白，她不时地回头朝家里张望一眼，朝问话的那些人摇着头。锦红不肯告诉别人什么，她只是衣衫不整地倚墙站着，用枕头擦着眼里的泪，没什么，锦红牢记着亡母传授的家丑不可外扬的道理，她对一个追根刨底的邻居说，我跟小拐闹着玩，他吓唬我，他吓唬要杀我。

少女锦红很早就显露出南方美人的种种风情，人们认为她生在王德基家就像玫瑰寄生于一摊污泥之中，造化中包含了不幸。香椿树街的妇女们建议锦红耐心等待美好的婚姻，起码可以嫁一个海军或者空军军官，但是锦红在十九岁那年就匆匆嫁给了酱品厂的会计小刘，而且出嫁时似乎已经有了身孕了。街上有谣传说王德基曾和女儿锦红睡觉，但那毕竟是捕风捉影的谣言。真正了解锦红的当然是她妹妹秋红，锦红出嫁前夜姐妹俩在灯下相拥而泣，锦红对秋红说的那番话几乎使人柔肠寸断。

我知道我不该急着嫁人，可是我在这个家里老是担惊受怕，我受不了。锦红捂着脸呜咽着说，不如一走了之吧。

你到底怕什么？秋红问。

以前怕父亲，后来怕天平，现在怕小拐，锦红仍然呜咽着，她说，我一看见小拐的眼睛，一看见他那条断腿，心里就发冷，现在我最怕他。

小拐怎么啦？秋红又问。

没怎么，可我就是害怕，他迟早会惹下大祸。锦红最后作出她的预言，秋红注意到姐姐说话时忧心忡忡的表情，她想笑却笑不出来，这个瞬间锦红美丽的容颜突然变得苍老而憔悴了，这使秋红对锦红充满了深情的怜悯。

那天夜里少年小拐又出门了，王家的人对此已习以为常，他们临睡前用椅子顶在门上，这样不管何时小拐都可以回家睡觉。凌晨时分锦红姐妹被门口杂沓的脚步声惊醒了，起床一看小拐带着七八个少年穿过黑暗的屋子往后门拥去，秋红想去拉灯绳，但她的手被谁拽住了。别开灯，有人在追我们。秋红睡意全消，她试图去阻挡他们，你们又在干什么坏事？干了坏事就都往我家跑。少年们一个个从秋红身旁鱼贯而过，消失在河边的夜色中。最后一个是少年小拐，你别管我们的事，小拐气喘吁吁地把一匹布往秋红的怀里塞，然后他把通向河埠的后门反锁上，隔着门说，这匹布给锦红做嫁妆。

秋红回忆起那天夜里的事件一直心有余悸，布店的人带着几个巡夜的民兵很快就来敲门。锦红到阁楼上藏起那匹布，秋红就到门口去应付。来人说，让我们进去，偷布的那帮孩子跑你家来了。秋红伸出双臂把住门框两侧，她像一个成熟的妇女一样处乱不惊，秋红说，你们抓贼怎么抓到我家来了？难道我家是贼窝吗？布店的人说，你家就是个贼窝。这句话激怒了秋红，秋红不容分说朝那人脸上扇了记耳光。我×你八辈子祖宗，我让你糟蹋我们家的名声，秋红边骂边唾，顺手撞上了大门。她听见门外人的交谈仍然很不中听，一个说，王德基家的孩子怎么都像恶狗一样的？另一个说，一个比一个坏，一个比一个凶。秋红的一点恐慌现在恰巧被满腔怒火所替代，她对着门踢了一脚，高声说，你们滚不滚？你们再不滚我就拎马桶来，泼你们满身是粪。

少年小拐和伙伴们偷来的是一匹白色的棉布，这匹布令锦红啼笑皆非，锦红怀着一种五味混杂的心情注视着小拐和白布，她说，办喜事不能用白布，这是办丧事用的。锦红伸手在弟弟的头顶上轻抚了一下，这个举动意味着她最后宽恕了少年小拐。

没有人知道少年小拐和武界泰斗罗乾的关系是如何中断的，那种令人艳羡的关系也许持续了半年之久，也许只有短短的两三个月。我记得少年小拐后来不再谈及罗乾的名字，有人追问罗乾的近况时，小拐的回答令人吃惊，他用一种满不在乎的语气说，他中风了，不行了，现在我用一只手就能把我师傅拍死。然后少年小拐眉飞色舞地说起另一位大师张文龙的故事，那是风靡一时的龙拳的创始人，武功非凡，方圆百里的少年都梦想成为张文龙的门徒，但是张文龙只卖伤药不授武艺。他经常在北门吊桥设摊卖他的跌打风湿膏药，卖完药就卷摊走路，从来没有人知道张文龙的住处，胆大的少年去他的药摊前打听时，张文龙就拿一块膏药塞过来说，先掏钱把药买去，你们这帮孩子就缺伤药了，你们打吧，你们天天打架我的药就好卖了。当你死磨硬缠刺探他家的住处时，张文龙眨着眼睛说，我哪里有家呀？我天天在野地里为你们采药熬膏，夜里就睡在水沟里，睡在菜花地里。

你们知道张文龙的刺青刺了什么？少年小拐最后向他的伙伴提出了一个热门的问题。

是一条龙。有人回答道。

可是你不知道那是一条什么样的龙，少年小拐的神情显得非常冲动，他先在自己的腹部用力划了一下，龙头在这儿，然后小拐的手顺着胸前往肩部爬，最后在后背上又狠狠戳了一下，龙尾在这儿，你说这条龙有多大？小拐说着叹了口气，他的脸看上去突然变得幽怨起来，罗老头背上那条龙比起张文龙来算什么？汤司令和红旗他们的刺青就更提不起来了。

少年小拐羞于正视自己左臂上那块失败的刺青，说那番话时我注意到他的目光不时偷窥他的左臂，海魂衫肥大的短袖子遮掩了那片疤瘢的一半，另一半却袒露在夏日阳光里，我发现从那片疤瘢中无法看清猪头的形状，它们看上去更像秋天枯萎的黑红色的树叶。

这年夏天少年小拐疯狂地追逐着张文龙的踪迹，我听说他长时间地蹲在北门吊桥的药摊前，期待河上吹来的风卷起张文龙那件黑布衬衫的下摆，他渴望亲眼目睹那条恢宏而漂亮的盘龙刺青，大风却迟迟不来。少年小拐在一阵迷乱的冲动中向张文龙的衬衫伸出了手，听说小拐的手刹那间被张文龙夹在腋下，张文龙半愠半笑地说，你这孩子断了一条腿不够，还想再断一条胳膊吗？

桥上的遭遇对于少年小拐是一个沉重的打击，在张文龙匆匆离去后他仍然站在北门吊桥上，受辱后的窘迫表情一直滞留在他苍白的脸上，伙伴们的窃笑使少年小拐恼羞成怒，他对着桥下的护城河骂了一声，张文龙，我×你妈，再过五年，你看我怎么报一箭之仇。

谁都能发现少年小拐在受到伤害后情绪低落，他担心自己在新野猪帮内的地位受到损坏或者排挤，有一天我惊讶地发现他采取了杀鸡吓猴的做法，在一番关于张文龙糟糠的争执中，少年小拐突然缄口动手，他突然从皮带缝里抽出一把飞镖朝朱明身上掷去，你也想来反对我？小拐冷笑着审视朱明的表情，他说，我说他是东北人就是东北人，别来跟我犟。那把飞镖从朱明的耳朵一侧飞出去，朱明惊呆了，谁也没想到少年小拐突然翻脸，事后少年们对小拐的举动褒贬不一，支持小拐和同情朱明的人形成了两个阵营，据我所知这也是新野猪帮最后分崩离析的原因之一。

几天后少年们相约在石灰厂外面集合，准备搭乘长途汽车去清塘镇寻找一个姓千的刺青师傅，那个人是朱明家的亲戚，但是朱明和他的几个朋友却迟迟不来。小拐就派人去朱明家喊他。派去的人到了朱明家，看见几个人正围坐在桌前打扑克牌，朱明的脸上贴满了纸条，头也不抬地对人说，我们不去了，要去你们自己去吧，不过我提醒你们，清塘镇的人们比香椿树街的可野多了，小心让他们踩扁了抬回来。

聚集在石灰厂的少年们没有把朱明的话放在心上，他们拦住了去往清塘镇的长途汽车。去的时候大约有七八个人，当天回来的却只有三个人，而且都是鼻青脸肿的，他们提着撕破的衣服和断损的凉鞋从街上一闪而过，像做贼似的溜进各自的家门。他们告诉前来打听儿子下落的那些妇女说，小拐他们留在清塘镇了，清塘镇的人把他们扣起来了。侥幸逃离清塘镇的三个人惊魂未定，用一种夸张的语言描述那场可怕的殴斗。我们一下长途汽车就有人来撩拨逗事，也不知道是怎么打起来的，他们用的都是铁铬、锄头和镰刀，那么多人追着我们打，我们还来不及编队形就给他们打散了。

好好的他们为什么打你们？有人提出了简单的疑问。

不知道，他们说不准我们在清塘镇耀武扬威。

王德基家的秋红也挤在那堆焦灼而忙乱的妇女中间，她关心的自然是她弟弟小拐的情况，秋红刚想开口问什么，那三个少年几乎异口同声地说，小拐最惨了，他头上挨了一铁铬，开了两个洞。

他怎么啦？他不是会武功吗？秋红惊叫过后问。

他腿不好，跑不快，那么多人围上来，会武功也没有用。一个少年说。

他没带三节棍和九节鞭，光是一支飞镖对付不了人家的锄头铁锸。另一个少年表示惋惜说，小拐今天要是带上他的家伙就好了，我们也不会输那么惨了。

带上家伙也没用，清塘镇的人一个比一个野。再说小拐本来就不怎么样，我看见他第一个被清塘镇的人按在地上。第三个少年说起小拐却已经显得很轻蔑了。

旁边的秋红听到这里勃然生怒，她指着三个少年的鼻子说，一帮不知廉耻的杂种，你们知道小拐腿不好，跑不快，你们就不肯拉他一把？你们就不能背上他跑吗？

你说得轻巧！一个少年斜睨着秋红反驳道，那种时刻谁还顾得上谁？我背了小拐谁又肯来背我？

愤怒的秋红一时哑然失语，她的丰腴而红润的脸上不知不觉挂上了泪珠。人们都用一种隔膜而厌恶的目光注视着她，似乎没有人为秋红的一腔姐弟之情所感动。事实上那是一个混乱的人心浮躁的黄昏，人们关注的是自己的滞留在清塘镇生死未卜的儿子或家人，每个人的心情其实都是相仿的。

少年小拐和他的伙伴直到第二天早晨才返回香椿树街，负责解送的警察对围观的人们说，这次还幸亏没打出人命，否则就直接把他们送拘留所了。王德基和秋红也在街口等候，看见小拐他们依次爬下了卡车，王德基舒了一口气，他对旁人说，这帮孩子是不是吃了疯狗的肉？在街上闹不够，打架竟然打到清塘镇去了。那人问，回家要收拾你儿子吗？王德基被问得有点尴尬，从小收拾到大，就是收拾不了他，想想真奇怪。王德基苦笑一声，随后说了一句令人伤感的话，孩子他母亲搭上她一条命，换了这么个宝贝儿子，想一想真是奇怪。

少年小拐扶着墙与他父亲和姐姐逆向而行，他的头部缠着一条肮脏的被血洇透的纱布，看上去小拐显得出奇的从容而冷静。秋红跑过去想察看他头上的伤势，被他推开了。我死不了，小拐说，你回家去，别来管我的事。秋红就跟在他后面说，让你别打架你偏不听，这回好了，头上弄了个窟窿让人看笑话。街上的人都看着王家姐弟，看见小拐突然回过头打了秋红一记耳光，让你别来管我你偏不听，你为什么老是要来管我？小拐几乎是在吼叫，他的仇视的目光使秋红不寒而栗，秋红掩面坐在地上哭号起来，不管就不管，秋红绝望地拍打着地面，边哭边叫，我要再管你的事我就是畜生。

从清塘镇铩羽而归的少年们很快就聚集在朱明家

门口，隔着窗子他们看见朱明那帮人仍然在桌前玩扑克牌，只是每个人的膝盖上都添了一根一尺多长的角铁，屋里的人对窗外的人显然已有防备，少年小拐和他的伙伴无法对朱明他们实施惩罚。叛徒，有人伏在窗台上对屋里的人喊。而少年小拐嘴里吐出的是一句江湖行话：君子报仇，十年不晚。他的声音听来冷峻而充满杀机。我看见他提起撑拐，用一种轻柔的动作在朱明家的窗户上捣了一个圆孔，屋里人朝外面张望了一眼，并没有作出任何反应，紧接着是一声哗啦啦的脆响，少年小拐挥舞着他的撑拐，砸碎了朱明家窗户上的每一块玻璃。

到了中秋节前夕，香椿树街的新野猪帮已经分裂成两派，人多势众的那派由少年小拐统辖，另外一派的六七个少年则死心塌地跟着朱明，他们从此开始了漫长的此长彼消的内战。我之所以如此清晰地记得这个时间概念，是因为那天香椿树街上弥漫着糖果铺煎制鲜肉月饼的香气，那种一年一度的香味诱使许多人聚集到糖果铺的煎锅前面。少年小拐他们和朱明他们的人就在那儿相遇了。我记得朱明他们一共只有三个人，三个人每人手里捧了一包月饼往人堆外挤，但是朱明突然被什么绊了一下，绊他的是小拐腋下的那根撑拐。

买那么多月饼独吃？好意思吗？小拐似笑非笑地说。

朱明没说什么，他迟疑了一会儿抓了两块月饼给小拐，但小拐没去接，他的表情已经显露出寻衅的端倪，我看见他用撑拐的底端拨了拨朱明拿月饼的手。

给兄弟们每人两块。小拐说。

你在玩我？朱明说，你以为我们怕你们？要打架约个地方和时间，我操，你真以为我们怕你们？

铁路桥下面怎么样？你要是嫌桥洞里不好上铁路也行，你要是带的人多就去石灰厂外面，或者就去石码头？随你挑，时间也随你挑。

我随你挑，你真以为我们怕你们？朱明的嘴里咬了一块月饼，含糊地嘀咕着往小拐他们的人圈外走。朱明带着两个人走出去几步远，没有明确回复小拐的挑衅，却说了一句莫名其妙的话，朱明说，他算什么人物？他姐姐跟他爹睡觉，肚子都睡大啦。

我看见少年小拐的眼睛里倏地迸出罕见的可怕的红光，他狂叫了一声，从别人手里夺过九节鞭，率先发起了对朱明他们的攻击。九节鞭准确地抽到了朱明的后颈上，小拐的伙伴们一拥而上，本来应该避人耳目的混战就这样猝不及防地发生了，糖果铺周围一片骚乱，女店员在柜台后面尖叫着，快去喊警察，要打出人命啦。更多的香椿树街人则训练有素地退到糖果铺的台阶上，或者爬到运货的三轮车上，居高临下地观望了少年小拐棍鞭齐发痛打朱明的场面，观望者们除了对少年小拐身残志坚的英武形象赞叹几声外，并没有太多的惊诧，虽然他们亲眼看见朱明他们满脸血污地在街上翻滚，这毕竟还是少年们之间的小型殴斗，生活在香椿树街的人们对此已经司空见惯。

平心而论中秋之战在小拐一方也并不光彩，谁都注意到朱明他们是赤手空拳的，而且人数少于小拐他们。另外他们选择的地点也缺乏考虑，糖果铺的煎饼锅最后被人群挤翻了，一锅热腾腾的鲜肉月饼全部倾倒在地，一些馋嘴的孩子和妇女趁乱捡走了好多月饼。糖果铺的女店员们一气之下去少年们就读的红旗中学告了状。

三天之后红旗中学的门口出现了一张布告，龙飞凤舞的毛笔字流露出校方卸除一份重负后的喜悦。被开除的名单很长，包括从初一到高二的几十名学生，有人用手卷成喇叭形状朗读着那份名单，其中包括了少年小拐常常被人遗忘的学名：王安平，而在糖果铺之战中吃了亏的朱明也遭到了校方同样的发落。

少年小拐当天下午在石码头听说了这个消息，伙伴们听见他发出一声难以捉摸的怪笑，怎么拖到现在才开除？少年小拐的笑声突然变得疯狂而不可抑制，他坐在一只空油桶上用右脚踢着油桶，笑得弯下了腰，我的教科书早都擦了屁股，他说，怎么拖到现在才开除？

　　白狼帮的红旗在九月的一个傍晚出狱归来，红旗提着行李东张西望地出现在香椿树街上时，人们一下子就认出了他。虽然在狱中的两年红旗已变成一个膀大腰圆的青年，虽然他的脑袋剃得光溜溜的胡须反而很长，但红旗的眼睛却像以前一样独具风格，它们仍然愤怒地斜视着。

　　现在看来红旗的狱中归来其实宣告了少年小拐的英雄生涯的结束，很少有人敏感地觉察到这一点，少年小拐也许觉察到了，也许没有。他们在街口不期而遇时，红旗的嘴角浮出一丝含义不明的微笑，而双眼却习惯性地愤怒地斜视着少年小拐。那是一次典型的狭路相逢，但当时什么也没有发生，少年小拐避开了红旗的目光，他突然回首眺望不远处的铁路桥，桥上恰巧有一辆满载着大炮和坦克的军用货车通过。

　　少年小拐和他的伙伴们曾经暗中观察红旗的行踪，大多数时间红旗都在家门口拆卸自行车，或者站在家门口吃饭，偶尔他会朝门后唠叨不休的母亲骂几句粗话，红旗和城东白狼帮城西黑虎帮似乎中断了一切联系。唯一值得警惕的是朱明，朱明几乎天天去红旗家，红旗一出狱朱明就和他打得火热，不难看出势单力薄的朱明他们正在竭力拉拢新的盟友。

他去拉红旗有什么用？少年小拐极其轻蔑朱明的算盘，他对伙伴们说，你们千万别以为从监狱里出来的人就怎么样，红旗不怎么样，别看他样子凶，其实是个孬种。

小拐的这番话意在安抚日渐涣散的野猪帮的人心。到了九月他发现伙伴们中间弥漫着一种消极的恐慌的情绪，香椿树街上到处纷传说本地警察对少年帮派的第二次围捕就要开始。每当谁向他提起这个话题时，小拐就显得极不耐烦，你怕吗？他说，你怕就到你妈怀里吃奶去。说话的人于是极力否认他的恐惧，小拐就笑着甩出他的口头禅，东风吹，战鼓擂，现在世界上究竟谁怕谁？

我们想象中的警车云集香椿树街的场面没有出现，它们驶过香椿树街街口去了城东，也去了城西，唯独遗漏了铁路桥下面的这个人口和房屋同样稠密的地区，或许香椿树街与城市的其他角落相比是一块安宁净土，或许警察们是有意把街上的这群少年从法网中筛了出来。尖厉的令人焦虑的警车汽笛在深夜戛然而止，那些夜不成寐的妇女终于松了口气，她们看见儿子仍然睡在家里，她们觉得一个关口总算度过了。那些妇女中当然包括少年小拐的姐姐秋红，秋红在夜空复归宁静后爬下阁楼，察看了弟弟小拐的床铺，小拐正在酣睡之中，小拐竟然睡得无忧无虑，这使秋红心里升起无名之火，贱货，秋红一边唾骂自己一边回到阁楼上，她对自己发誓说，我要再为那畜生操心我就是个不折不扣的贱货。

男孩小拐幸运地逃脱了九月的大搜捕，这使他们得以重整旗鼓，更加威风地出现在香椿树街上。不久少年小拐在石码头召集了野猪帮的聚会，宣布将朱明等六人开除出野猪帮。就在这里少年小拐突然向伙伴们亮出一面大红缎子的锦旗，旗上新野猪帮四个大字出于小拐亲笔，笨拙、稚气却显得威风凛凛。至于这面锦旗的来历，少年小拐坦言是从居民委员会的墙上偷摘的，本来那是一面卫生流动红旗。我有幸参加了新野猪帮的石码头聚会，记得在那次聚会中少年们处于大难不死的亢奋中，他们商讨了惩治叛徒朱明和去西汇湾踩平那里新兴的小野猪帮的计划，谈的更多的当然是座山雕的刺青技术，座山雕与小拐死去的哥哥是割头兄弟，他与红旗几乎同时出狱归来，作为对天平的一种悼念，座山雕答应为少年小拐在手上刺一只猪头，但是他只肯为小拐一个刺青。少年小拐注意到伙伴们对此的不满情绪，最后他安慰他们说，明天我先去，我会把座山雕的刺青技术学来的，等我学会了再给你们刺，别着急，每人手臂上都会有一只猪头的。那天石码头上堆放着化工厂的一种名叫苯干的货物，苯干芳香而强烈的气味刺激着少年们的鼻喉和眼腺，许多人一边打喷嚏一边流泪，它给这次聚会带来了强制性的悲壮气氛，恰巧加深了少年们对最后一次聚会的回忆。我看见少年小拐后来对着河上的驳船挥舞那面野猪帮的红旗，一边狂呼一边流泪，但是我并不知道那是小拐一生中最后的辉煌时刻。

少年小拐是在去刺青的路上遭到红旗和朱明的伏击的，后者选择的时机几乎是天衣无缝，令人怀疑其中设置的骗局和精心策划，或许是小拐朝夕相守的伙伴里出现了奸细，或者是小拐所信赖的座山雕参与了这次阴谋也不得而知。作为少年小拐的知心朋友，我清晰地记得他遭到伏击的时间是黄昏，地点是在香椿树街北端的羊肠弄。

去座山雕家必须通过狭窄的仅容一人通过的羊肠弄，羊肠弄的一侧是居民的后窗和北墙，另一侧是五金厂的后门和破败的围墙，红旗就是从围墙的断口突然跳到少年小拐身上的，小拐来不及拔出腰带里的匕首，在短短的一个瞬间他意识到一直担心的伏击已经来临，他后悔单身一人来刺青，但是一切都无法改变。他看见朱明和几个人从五金厂的后门和弄堂口朝他包抄过来。

你们搞伏击，这么多人对付我一个，传出去多丢脸。少年小拐被那帮人抬了起来，他的声音悲壮而愤慨。

我们不管什么丢脸不丢脸的，我们今天就是要把你摆平。朱明说。朱明的脸上洋溢着申冤雪耻的喜悦。

山中无老虎，猴子称大王，好好的香椿树街让你这个小瘸子称王称霸？红旗一直揪着少年小拐的耳朵，他指挥着朱明他们把少年小拐抬进了五金厂的后门。五金厂的工人已经下班，由几间破庙宇改建的厂房静悄悄的，小拐不知道他们把他弄到这里来干什么。他不知道他们到底想对他干什么。他现在无力挣脱那么多双手的钳制，于是也就不想挣脱了，他想呼救但喉咙也被老练的对手红旗卡住了，少年小拐突然对眼前事物产生了一种似曾相识的感觉，他记得九岁那年在铁路上发生的灾祸，当那列火车向他迎面撞来的时候，他也是这种无力挣脱的状态，他也觉得有一双手牢牢地钳住他的腿，有一个人正在把他往火车轮子下面推。

他们把少年小拐抬到了一台冲床旁边，朱明拉上了电闸后冲床开始工作，而红旗坐在冲床后面朝小拐挤了挤眼睛，冲床的钻头正在一块钢片上打孔，嘎嘣、嘎嘣，富有韵律和残酷的美感。现在少年小拐终于知道了红旗新奇的出人意料的绝招，他听说红旗发明了一种讨巧的置人于死地的办法，原来就是他天天操作的冲床。

把他那条好腿搬上来。红旗命令朱明，红旗的嘴里发出一种亢奋的哂笑，他说，快点，让我来试试冲人的技术，冲人比冲刀片难多了。

别碰我的好腿。别碰它。少年小拐的目光注视着冲床上下律动的钻头，不难发现他的目光从好奇渐渐转向恐惧，他的尖厉的抗议声也渐渐地变成一种哀告，别碰我的好腿，你们干什么都行，千万别碰我的好腿了。

据朱明后来告诉别人说，小拐那天跪在冲床边向他求饶，向红旗和其他人求饶，他的可怜而卑琐的样子令人作呕。朱明和红旗让他过了第一关，但是第二关却是由座山雕控制的。从五金厂的后门出来，他们按照事先的约定把少年小拐挟到座山雕家里，五六个人按住半死半活的少年小拐，由座山雕为他刺青，刺的不是小拐想象中的野猪标志，而是歪歪扭扭的两个字：孬种。刺青的部位不在常见的手臂上，而在少年小拐光洁的前额上，座山雕在完成了他蓄谋已久的工程后得意地笑了，他说的话与红旗如出一辙，山中无老虎，猴子称大王，香椿树街怎能让一个小拐子称王称霸？

我知道那么多人出卖少年小拐缘于一个简单的事实，他们无法容忍少年小拐在香椿树街的风光岁月，尽管那是短暂的昙花一现的风光岁月。命运如此残忍地捉弄了小拐，他额上的孬种标志是一个罕见的物证。

香椿树街的人们后来习惯把王德基的儿子叫做孬种小拐，孬种小拐在阁楼和室内度过了他的另一半青春时光，他因为怕人注意他的前额而留了奇怪的长发，但乌黑的长发遮不住所有的耻辱的回忆之光，孬种小拐羞于走到外面的香椿树街上去，渐渐地变成孤僻而古怪的幽居者。

孬种小拐的两个姐姐出嫁后经常回来照顾父亲和弟弟的生活，有一次锦红和秋红到阁楼上清理出成堆的垃圾，其中有小拐儿时的百宝箱，姐妹俩在百宝箱里发现了一些霉烂的布卷，打开来一看像是旗帜，旗上画的野猪图案依然看得清楚，锦红皱着眉头问孬种小拐，这是什么鬼旗子？孬种小拐没有回答，秋红在一边说，把它扔掉。然后姐妹俩开始收拾床底下的那些刀棍武器，锦红抓着三节棍问孬种小拐，这东西你现在用不着了吧？扔吗？孬种小拐仍然没有回答，他坐在阁楼面向街道的小窗前，无所用心地观望着街景。秋红在一边说，什么三节棍九节鞭的，都给我去扔掉，留着还有什么用？后来姐妹俩从箱子里倒出许多铜圈、铜锁、铜片来，阁楼上响起一阵铜片相撞的清脆的声音，孬种小拐就是这时候回过头阻止了秋红，他对她说，把那些铜圈给我留下，我一个人没事的时候可以钉铜玩。

作为孬种小拐唯一的朋友，我偶尔会跑到王德基家的阁楼上探望孬种小拐，他似乎成了一个卧病在家的古怪的病人，他常常要求我和他一起玩儿时风行的钉铜游戏，我和他一起重温了钉铜游戏，但许多游戏的规则已经被我们遗忘了，所以钉铜钉到最后往往是双方各执一词的争吵。对于我们这些在香椿树街长大的人来说，温馨美好的童年都是在吵吵嚷嚷中结束的，一切都很平常。

1993 年

妻妾成群

四太太颂莲被抬进陈家花园的时候是十九岁,她是傍晚时分由四个乡下轿夫抬进花园西侧后门的。仆人们正在井边洗旧毛线,看见那顶轿子悄悄地从月亮门里挤进来,下来一个白衣黑裙的女学生。仆人们以为是在北平读书的大小姐回家了,迎上去一看不是,是一个满脸尘土疲惫不堪的女学生。那一年颂莲留着齐耳的短发,用一条天蓝色的缎带箍住,她的脸是圆圆的,不施脂粉,但显得有点苍白。颂莲钻出轿子,站在草地上茫然环顾,黑裙下面横着一只藤条箱子。在秋日的阳光下,颂莲的身影单薄纤细,散发出纸人一样呆板的气息。她抬起胳膊擦着脸上的汗,仆人们注意到她擦汗不是用手帕而是用衣袖,这一点给他们留下了深刻的印象。

颂莲走到水井边，她对洗毛线的雁儿说，让我洗把脸吧，我三天没洗脸了。雁儿给她吊上一桶水，看着她把脸埋进水里，颂莲的弓着的身体像腰鼓一样被什么击打着，簌簌地抖动。雁儿说，你要肥皂吗？颂莲没说话，雁儿又说，水太凉是吗？颂莲还是没说话。雁儿朝井边的其他女佣使了个眼色，捂住嘴笑。女佣们猜测来客是陈家的哪个穷亲戚。他们对陈家的所有来客几乎都能判断出各自的身份。大概就是这时候，颂莲猛地回过头，她的脸在洗濯之后泛出一种更加醒目的寒意，眉毛很细很黑，渐渐地拧起来。颂莲瞟了雁儿一眼，她说，你傻笑什么，还不去把水泼掉？雁儿仍然笑着，你是谁呀，这么厉害？颂莲搡了雁儿一把，拎起藤条箱子离开井边，走了几步，她回过头说，我是谁？你们迟早要知道的。

第二天陈府的人都知道陈佐千老爷娶了四太太颂莲。颂莲住在后花园的南厢房里，紧挨着三太太梅珊的住处。陈佐千把原先下房里的雁儿给四太太做了使唤丫环。

第二天雁儿去见颂莲的时候心里胆怯，低着头喊了声四太太，但颂莲已经忘了雁儿对她的冲撞，或者颂莲根本就没记住雁儿是谁。颂莲这天换了套粉绸旗袍，脚上趿双绣花拖鞋，她脸上的气色一夜间就恢复过来，看上去和气许多，她把雁儿拉到身边，端详一番，对旁边的陈佐千说，她长得还不算讨厌。然后她对雁儿说，你蹲下，我看看你的头发。雁儿蹲下来感觉到颂莲的手在挑她的头发，仔细地察看什么，然后她听见颂莲说，你没有虱子吧，我最怕虱子。雁儿咬住嘴唇没说话，她觉得颂莲的手像冰凉的刀锋切割她的头发，有一点疼痛。颂莲说，你头上什么味？真难闻，快拿块香皂洗头去。雁儿站起来，她垂着手站在那儿不动。陈佐千瞪了她一眼，没听见四太太说话？雁儿说，昨天才洗过头。陈佐千拉高嗓门喊，别废话，让你去洗就得去洗，小心揍你。

雁儿端了一盆水在海棠树下洗头，洗得委屈，心里的气恨像一块铅坠在那里。午后阳光照射着两棵海棠树，一根晾衣绳拴在两棵树上，四太太颂莲的白衣黑裙在微风中摇曳。雁儿朝四处环顾一圈，后花园阒寂无人，她走到晾衣绳那儿，朝颂莲的白衫上吐了口唾沫，朝黑裙上又吐了一口。

陈佐千这年将近五十。陈佐千五十岁时纳颂莲为妾，事情是在半秘密状态下进行的。直到颂莲进门的前一天，元配太太毓如还浑然不知。陈佐千带着颂莲去见毓如，毓如在佛堂里捻着佛珠诵经。陈佐千说，这是大太太。颂莲刚要上去行礼，毓如手里的佛珠突然断了线，滚了一地。毓如推开红木靠椅下地捡佛珠，口中念念有词，罪过，罪过。颂莲相帮去捡，被毓如轻轻地推开，她说，罪过，罪过，始终没抬眼看颂莲一眼。颂莲看着毓如肥胖的身体伏在潮湿的地板上捡佛珠，捂着嘴无声地笑了一笑，她看看陈佐千，陈佐千说，好吧，我们走了。颂莲跨出佛堂门槛，就挽住陈佐千的手臂说，她有一百岁了吧，这么老？陈佐千没说话。颂莲又说，她信佛？怎么在家里念经？陈佐千说，什么信佛，闲着没事干，滥竽充数罢了。

颂莲在二太太卓云那里受到了热情的礼遇。卓云让丫环拿了西瓜子、葵花子、南瓜子还有各种蜜饯招待颂莲。他们坐下后，卓云的头一句话就是说瓜子，这儿没有好瓜子，我嗑的瓜子都是托人从苏州买来的。颂莲在卓云那里嗑了半天瓜子，嗑得有点厌烦，她不喜欢这些零嘴，又不好表露出来。颂莲偷偷地瞟陈佐千，示意离开，但陈佐千似乎有意要在卓云这里多呆一会儿，对颂莲的眼神视若无睹。颂莲由此判断陈佐千是宠爱卓云的，眼睛就不由得停留在卓云的脸上、身上。卓云的容貌有一种温婉的清秀，即使是细微的皱纹和略显松弛的皮肤也遮掩不了，举手投足之间，更有一种大家闺秀的风范。颂莲想，卓云这样的女人容易讨男人喜欢，女人也不会太讨厌她。颂莲很快地就喊卓云姐姐了。

陈家前三房太太中，梅珊离颂莲最近，但却是颂莲最后一个见到的。颂莲早就听说梅珊的倾国倾城之貌，一心想见她，但陈佐千不肯带她去。他说，这么近，你自己去吧。颂莲说，我去过了，丫环说她病了，拦住门不让我进。陈佐千鼻孔里哼了一声，她一不高兴就称病。又说，她想爬到我头上来。颂莲说，你让她爬吗？陈佐千挥挥手说，休想，女人永远爬不到男人的头上来。

颂莲走过北厢房，看见梅珊的窗上挂着粉色的抽纱窗帘，屋里透出一股什么草花的香气。颂莲站在窗前停留了一会儿，忽然忍不住心里偷窥的欲望，她屏住气轻轻掀开窗帘，这一掀差点把颂莲吓得灵魂出窍，窗帘后面的梅珊也在看她，目光相撞，只是刹那间的事情，颂莲便仓皇地逃走了。

到了夜里，陈佐千来颂莲房里过夜。颂莲替他把衣服脱了，换上睡衣，陈佐千说，我不穿睡衣，我喜欢光着睡。颂莲就把目光掉开去，说，随便你，不过最好穿上睡衣，会着凉。陈佐千笑起来，你不是怕我着凉，你是怕看我光着屁股。颂莲说，我才不怕呢。她转过脸时颊上已经绯红。这是她头一次清晰地面对陈佐千的身体，陈佐千形同仙鹤，干瘦细长，生殖器像弓一样绷紧着。颂莲有点透不过气来，她说，你怎么这样瘦？陈佐千爬到床上，钻进丝绸被窝里说，让她们掏的。

颂莲侧身去关灯，被陈佐千拦住了，陈佐千说，别关，我要看你，关上灯就什么也看不见了。颂莲摸了摸他的脸说，随便你，反正我什么也不懂，听你的。

颂莲仿佛从高处往一个黑暗深谷坠落，疼痛、晕眩伴随着轻松的感觉。奇怪的是意识中不断浮现梅珊的脸，那张美丽绝伦的脸也隐没在黑暗中间。颂莲说，她真怪。你说谁？三太太，她在窗帘背后看我。陈佐千的手从颂莲的乳房上移到嘴唇上，别说话，现在别说话。就是这时候房门被轻轻敲了两记。两个人都惊了一下，陈佐千朝颂莲摇摇头，拉灭了灯。隔了不大一会儿，敲门声又响起来。陈佐千跳起来，恼怒地吼起来，谁敲门？门外响起一个怯生生的女孩声音，三太太病了，喊老爷去。陈佐千说，撒谎，又撒谎，回去对她说我睡下了。门外的女孩说，三太太得的急病，非要你去呢。她说她快死了。陈佐千坐在床上想了会儿，自言自语说，她又耍什么花招。颂莲看着他左右为难的样子，推了他一把，你就去吧，真死了可不好说。

这一夜陈佐千没有回来。颂莲留神听北厢房的动静，好像什么事也没有。唯有知更鸟在石榴树上啼啭几声，留下凄清悠远的余音。颂莲睡不着了，人浮在怅然之上，悲哀之下，第二天早早起来梳妆，她看见自己的脸发生了某种深刻的变化，眼圈是青黑色的。颂莲已经知道梅珊是怎么回事，但第二天看见陈佐千从北厢房出来时，颂莲还是迎上去问梅珊的病情，给三太太请医生了吗？陈佐千尴尬地摇摇头，他满面倦容，话也懒得说，只是抓住颂莲的手软绵绵地捏了一下。

颂莲上了一年大学后嫁给陈佐千，原因很简单，颂莲父亲经营的茶厂倒闭了，没有钱负担她的费用。颂莲辍学回家的第三天，听见家人在厨房里乱喊乱叫，她跑过去一看，父亲斜靠在水池边，池子里是满满一池血水，泛着气泡。父亲把手上的静脉割破了，很轻松地上了黄泉路。颂莲记得她当时绝望的感觉，她架着父亲冰凉的身体，她自己整个比尸体更加冰凉。灾难临头她一点也哭不出来。那个水池后来好几天没人用，颂莲仍然在水池里洗头。颂莲没有一般女孩莫名的怯懦和恐惧，她很实际。父亲一死，她必须自己负责自己了。在那个水池边，颂莲一遍遍地梳洗头发，借此冷静地预想以后的生活。所以当继母后来摊牌，让她在做工和嫁人两条路上选择时，她淡然地回答说，当然嫁人。继母又问，你想嫁个一般人家还是有钱人家？颂莲说，当然有钱人家，这还用问？继母说，那不一样，去有钱人家是做小。颂莲说，什么叫做小？继母考虑了一下，说，就是做妾，名分是委屈了点。颂莲冷笑了一声，名分是什么？名分是我这样的人考虑的吗？反正我交给你卖了，你要是顾及父亲的情义，就把我卖个好主吧。

陈佐千第一次去看颂莲，颂莲闭门不见，从门里扔出一句话，去西餐社见面。陈佐千想毕竟是女学生，总有不同凡俗之处，他在西餐社订了两个位子，等着颂莲来。那天外面下着雨，陈佐千隔窗守望外面细雨蒙蒙的街道，心情又新奇又温馨，这是他前三次婚姻中前所未有的。颂莲打着一顶细花绸伞姗姗而来，陈佐千就开心地笑了。颂莲果然是他想象中漂亮洁净的样子，而且那样年轻。陈佐千记得颂莲在他对面坐下，从提兜里掏出一大把小蜡烛。她轻声对陈佐千说，给我要一盒蛋糕好吗。陈佐千让侍者端来了蛋糕，然后他看见颂莲把小蜡烛一根一根地插上去，一共插了十九根，剩下一根她收回包里。陈佐千说，这是干什么，你今天过生日？颂莲只是笑笑，她把蜡烛点上，看着蜡烛亮起小小的火苗。颂莲的脸在烛光里变得玲珑剔透,她说,你看这火苗多可爱。陈佐千说,是可爱。说完颂莲就长长地吁了口气,噗地把蜡烛吹灭。陈佐千听见她说,提前过生日吧,十九岁过完了。

陈佐千觉得颂莲的话里有回味之处,直到后来他也经常想起那天颂莲吹蜡烛的情景,这使他感到颂莲身上某种微妙而迷人的力量。作为一个富有性经验的男人,陈佐千更迷恋的是颂莲在床上的热情和机敏。他似乎在初遇颂莲的时候就看见了销魂种种,以后果然被证实。难以判断颂莲是天性如此还是曲意奉承,但陈佐千很满足,他对颂莲的宠爱,陈府上下的人都看在眼里。

后花园的墙角那里有一架紫藤,从夏天到秋天,紫藤花一直沉沉地开着。颂莲从她的窗口看见那些紫色的絮状花朵在秋风中摇曳,一天天地清淡。她注意到紫藤架下有一口井,而且还有石桌和石凳,一个挺闲适的去处却见不到人,通往那里的甬道卜长满了杂草。蝴蝶飞过去,蝉也在紫藤枝叶上唱,颂莲想起去年这个时候,她是坐在学校的紫藤架下读书的,一切都恍若惊梦。颂莲慢慢地走过去,她提起裙子,小心不让杂草和昆虫碰蹭,慢慢地撩开几枝藤叶,看见那些石桌石凳上积了一层灰尘。走到井边，井台石壁上长满了青苔，颂莲弯腰朝井中看，井水是蓝黑色的，水面上也浮着陈年的落叶。颂莲看见自己的脸在水中闪烁不定，听见自己的喘息声被吸入井中放大了，沉闷而微弱。有一阵风吹过来，把颂莲的裙子吹得如同飞鸟，颂莲这时感到一种坚硬的凉意，像石头一样慢慢敲她的身体。颂莲开始往回走，往回走的速度很快。回到南厢房的廊下，她吐出一口气，回头又看那个紫藤架，架上倏地落下两三串花，很突然地落下来，颂莲觉得这也很奇怪。

卓云在房里坐着，等着颂莲。她乍地发觉颂莲的脸色很难看，卓云起来扶着颂莲的腰，你怎么啦？颂莲说，我怎么啦？我上外面走了走。卓云说，你脸色不好。颂莲笑了笑说身上来了。卓云也笑，我说老爷怎么又上我那儿去了呢。她打开一个纸包，拉出一卷丝绸来，说，苏州的真丝，送你裁件衣服。颂莲推开卓云的手，不行，你给我东西，怎么好意思，应该我给你才对。卓云嘘了一声，这是什么道理？我见你特别可心，就想起来这块绸子，要是隔壁那女人，她掏钱我也不给，我就是这脾气。颂莲就接过绸子放在膝上摩挲着，说，三太太是有点怪。不过，她长得真好看。卓云说，好看什么？脸上的粉霜可刮掉半斤。颂莲又笑，转了话题，我刚才在紫藤架那儿待了会儿，我挺喜欢那儿的。卓云就叫起来，你去死人井了？别去那儿，那儿晦气。颂莲吃惊道，怎么叫死人井？卓云说，怪不得你进屋脸色不好，那井里死过三个人。颂莲站起身伏在窗口朝紫藤架张望，都是什么人死在井里了？卓云说，都是上代的家眷，都是女的。颂莲还要打听，卓云就说不上来了。卓云只知道这些，她说陈家上下忌讳这些事，大家都守口如瓶。颂莲愣了一会儿，说，这些事情，不知道就不知道吧。

陈家的少爷小姐都住在中院里。颂莲曾经看见忆容和忆云姐妹俩在泥沟边挖蚯蚓，喜眉喜眼天真烂漫的样子，颂莲一眼就能判断她们是卓云的骨血。她站在一边悄悄地看她们，姐妹俩发觉了颂莲，仍然旁若无人，把蚯蚓灌到小竹筒里。颂莲说，你们挖蚯蚓做什么？忆容说，钓鱼呀，忆云却不客气地白了颂莲一眼，不要你管。颂莲有点没趣，走出几步，听见姐妹俩在嘀咕，她也是小老婆，跟妈一样。颂莲一下懵了，她回头愤怒地盯着她们看，忆容咪咪地笑着，忆云却丝毫不让地朝她撇嘴，又嘀咕了一句什么。颂莲心想这叫什么事儿，小小年纪就会说难听话。天知道卓云是怎么管这姐妹俩的。

颂莲再碰到卓云时，忍不住就把忆云的话告诉她。卓云说，那孩子就是嘴没遮拦的，看我回去拧她的嘴。卓云赔礼后又说，其实我那两个孩子还算省事的，你没见隔壁小少爷，跟狗一样的，见人就咬，吐唾沫。你有没有挨他咬过？颂莲摇摇头，她想起隔壁的小男孩飞澜，站在门廊下，一边啃面包，一边朝她张望，头发梳得油光光的，脚上穿着小皮鞋，颂莲有时候从飞澜脸上能见到类似陈佐千的表情，她从心理上能接受飞澜，也许因为她内心希望给陈佐千再生一个儿子。男孩比女孩好，颂莲想，管他咬不咬人呢。

只有毓如的一双儿女，颂莲很久都没见到。显而易见的是他们在陈府的地位。颂莲经常听到关于对飞浦和忆惠的议论。飞浦一直在外面收账，还做房地产生意，而忆惠在北平的女子大学读书。颂莲不经意地向雁儿打听飞浦，雁儿说，我们大少爷是有本事的人。颂莲问，怎么个有本事法？雁儿说，反正有本事，陈家现在都靠他。颂莲又问雁儿，大小姐怎么样？雁儿说，我们大小姐又漂亮又文静，以后要嫁贵人的。颂莲心里暗笑，雁儿褒此贬彼的话音让她很厌恶，她就把气发到裙裾下那只波斯猫身上，颂莲抬脚把猫踢开，骂道，贱货，跑这儿舔什么骚？

颂莲对雁儿越来越厌恶，至关重要的一点是她没事就往梅珊屋里跑，而且雁儿每次接过颂莲的内衣内裤去洗时，总是一脸不高兴的样子。颂莲有时候就训她，你挂着脸给谁看，你要不愿跟我就回下房去，去隔壁也行。雁儿申辩说，没有呀，我怎么敢挂脸，天生就没有脸。颂莲抓过一把梳子朝她砸过去，雁儿就不再吱声了。颂莲猜测雁儿在外面没少说她的坏话。但她也不能对她太狠，因为她曾经看见陈佐千有一次进门来顺势在雁儿的乳房上摸了一把，虽然是瞬间的很自然的事，颂莲也不得不节制一点，要不然雁儿不会那么张狂。颂莲想，连个小丫头也知道靠那一把壮自己的胆，女人就是这种东西。

到了重阳节的前一天，大少爷飞浦回来了。

颂莲正在中院里欣赏菊花，看见毓如和管家都围拢着几个男人，其中一个穿白西服的很年轻，远看背影很魁梧的，颂莲猜他就是飞浦。她看着下人走马灯似的把一车行李包裹运到后院去，渐渐地人都进了屋，颂莲也不好意思进去，她摘了枝菊花，慢慢地踱向后花园，路上看见卓云和梅珊，带着孩子往这边走。卓云拉住颂莲说，大少爷回家了，你不去见个面？颂莲说，我去见他？应该他来见我吧。卓云说，说的也是，应该他先来见你。一边的梅珊则不耐烦地拍拍飞澜的头颈，快走快走。

颂莲真正见到飞浦是在饭桌上。那天陈佐千让厨子开了宴席给飞浦接风，桌上摆满了精致丰盛的菜肴，颂莲睃巡着桌子，不由得想起初进陈府那天，桌上的气派远不如飞浦的接风宴，心里有点犯酸，但是很快她的注意力就转移到飞浦身上了。飞浦坐在毓如身边，毓如对他说了句什么，然后飞浦就欠起身子朝颂莲微笑着点了点头。颂莲也颔首微笑。她对飞浦的第一个感觉是出乎意料的英俊年轻，第二个感觉是他很有心计。颂莲往往是喜欢见面识人的。

第二天就是重阳节了，花匠把花园里的菊花盆全搬到一起去，五颜六色地搭成福、禄、寿、禧四个字。颂莲早早地起来，一个人绕着那些菊花边走边看。早晨有凉风，颂莲只穿了一件毛背心，她就抱着双肩边走边看。远远地她看见飞浦从中院过来，朝这边走。颂莲正犹豫着是否先跟他打招呼，飞浦就喊起来，颂莲你早。颂莲对他直呼其名有点吃惊，她点点头，说，按辈分你不该喊我名字。飞浦站在花圃的另一边，笑着系上衬衫的领扣，说，应该叫你四太太，但你肯定比我小几岁呢，你多大？颂莲显出不高兴的样子侧过脸去看花。飞浦说，你也喜欢菊花？我原以为大清早的可以先抢风水，没想到你比我还早。颂莲说，我从小就喜欢菊花,可不是今天才喜欢的。飞浦说,最喜欢哪种?颂莲说,都喜欢,就讨厌蟹爪。飞浦说,那是为什么?颂莲说,蟹爪开得太张狂。飞浦又笑起来说,有意思了,我偏偏最喜欢蟹爪。颂莲睃了飞浦一眼,我猜到你会喜欢它。飞浦又说,那又为什么?颂莲朝前走了几步,说,花非花,人非人,花就是人,人就是花,这个道理你不明白?颂莲猛地抬起头,她察觉出飞浦的眼神里有一种异彩水草般地掠过,她看见了,她能够捕捉它。飞浦叉腰站在菊花那一侧,突然说,我把蟹爪换掉吧。颂莲没有说话。她看着飞浦把蟹爪换掉,端上几盆墨菊摆上。过了一会儿,颂莲又说,花都是好的,摆的字不好,太俗气。飞浦拍拍手上的泥,朝颂莲挤挤眼睛,那就没办法了,福禄寿禧是老爷让摆的,每年都这样,老祖宗传下来的规矩。

颂莲后来想起重阳赏菊的情景,心情就愉快。好像从那天起,她与飞浦之间有了某种默契。颂莲想着飞浦如何把蟹爪搬走,有时会笑出声来。只有颂莲自己知道,她并不是特别讨厌那种叫蟹爪的菊花。

你最喜欢谁?颂莲经常在枕边这样问陈佐千,我们四个人,你最喜欢谁?陈佐千说那当然是你了。毓如呢?她早就是只老母鸡了。卓云呢?卓云还凑合着,但她有点松松垮垮的了。那么梅珊呢？颂莲总是克制不住对梅珊的好奇心。梅珊是哪里人？陈佐千说，她是哪里人我也不知道，连她自己也不知道。颂莲说那梅珊是孤儿出身？陈佐千说，她是戏子，京剧草台班里唱旦角的。我是票友，有时候去后台看她，请她吃饭，一来二去的她就跟我了。颂莲拍拍陈佐千的脸说，是女人都想跟你。陈佐千说，你这话对了一半，应该说是女人都想跟有钱人。颂莲笑起来，你这话也才对了一半，应该说有钱人有了钱还要女人，要也要不够。

颂莲从来没有听见梅珊唱过京戏，这天早晨窗外飘过来几声悠长清亮的唱腔，把颂莲从梦中惊醒，她推推身边的陈佐千问是不是梅珊在唱？陈佐千迷迷糊糊地说，她高兴了就唱，不高兴了就哭，狗娘养的。颂莲推开窗子，看见花园里夜来降了雪白的秋霜，在紫藤架下，一个穿黑衣黑裙的女人且舞且唱着。果然就是梅珊。

颂莲披衣出来，站在门廊上远远地看着那里的梅珊。梅珊已沉浸其中，颂莲觉得她唱得凄凉婉转，听得心也浮了起来。这样过了好久，梅珊戛然而止，她似乎看见了颂莲的眼睛里充满了泪影。梅珊把长长的水袖搭在肩上往回走，在早晨的天光里，梅珊的脸上、衣服上跳跃着一些水晶色的光点，她的缩成圆髻的头发被霜露打湿,这样走着她整个显得湿润而忧伤,仿佛风中之草。

你哭了?你活得不是很高兴吗,为什么哭?梅珊在颂莲面前站住,淡淡地说。颂莲掏出手绢擦了擦眼角,她说也不知是怎么了,你唱的戏叫什么?叫《女吊》,梅珊说,你喜欢听吗?我对京戏一窍不通,主要是你唱得实在动情,听得我也伤心起来。颂莲说着,她看见梅珊的脸上第一次露出和善的神情,梅珊低下头看看自己的戏装,她说,本来就是做戏嘛,伤心可不值得。做戏做得好能骗别人,做得不好只能骗骗自己。

陈佐千在颂莲屋里咳嗽起来,颂莲有些尴尬地看看梅珊。梅珊说,你不去伺候他穿衣服?颂莲摇摇头说他自己穿,他又不是小孩子。梅珊便有点悻悻的,她笑了笑说,他怎么要我给他穿衣穿鞋,看来人是有贵贱之分。这时候陈佐千又在屋里喊起来,梅珊,进屋来给我唱一段!梅珊的细柳眉立刻挑起来,她冷笑一声,跑到窗前冲里面说,老娘不愿意!

颂莲见识了梅珊的脾气。当她拐弯抹角地说起这个话题时,陈佐千说,都怪我前些年把她娇宠坏了。她不顺心起来敢骂我家祖宗八代。陈佐千说这狗娘养的小婊子,我迟早得狠狠收拾她一回。颂莲说,你也别太狠心了,她其实挺可怜的,没亲没故的,怕你不疼她,脾气就坏了。

以后颂莲和梅珊有了些不冷不热的交往。梅珊迷麻将,经常招呼人去她那里搓麻将,从晚饭过后一直搓到深更半夜。颂莲隔着墙能听见隔壁洗牌的哗啦哗啦的声音,吵得她睡不好觉。她跟陈佐千发牢骚,陈佐千说,你就忍一忍吧,她搓上麻将还算正常一点,反正她把钱输光了我不会给她的,让她去搓,让她去作死。但是有一回梅珊差丫环来叫颂莲上牌桌了,颂莲一句话把丫环挡了回去,她说,我去搓麻将?亏你们想得出来。丫环回去后梅珊自己来了,她说,三缺一,赏个脸吧。颂莲说我不会呀,不是找输吗?梅珊来拽她的胳膊,走吧,输了不收你钱,要不赢了归你,输了我付。颂莲说,那倒不至于,主要是我不喜欢。她说着就看见梅珊的脸挂下来了,梅珊哼了一声说,你这里有什么呀?好像守着个大金库不肯挪一步,不过就是个干瘪老头罢了。颂莲被呛得恶火攻心,刚想发作,难听话溜到嘴边又咽回去了,她咬着嘴唇考虑了几秒钟说,好吧,我跟你去。

另外两个人已经坐在桌前等候了,一个是管家陈佐文,另一个不认识,梅珊介绍说是医生。那人戴着金丝边眼镜,皮肤黑黑的,嘴唇却像女性一样红润而柔情。颂莲以前见他出入过梅珊的屋子，她不知怎么就不相信他是医生。

颂莲坐在牌桌上心不在焉，她是真的不太会打，糊里糊涂就听见他们喊和了，自摸了。她只是掏钱，慢慢地她就心疼起来，她说，我头疼，想歇一歇了。梅珊说，上桌就得打八圈，这是规矩。你恐怕是输得心疼吧。陈佐文在一边说，没关系的，破点小财消灾灭祸。梅珊又说，你今天就算给卓云做好事吧，这一阵她闷死了，把老头儿借她一夜，你输的钱让她掏给你。桌上的两个男人都笑起来。颂莲也笑，梅珊你可真能逗乐，心里却像吞了只苍蝇。

颂莲冷眼观察着梅珊和医生间的眉目传情，她想什么事情都是逃不过她的直觉的。当洗牌时掉下一张牌以后，颂莲弯腰去捡，一下就发现了他们的四条腿的形态，藏在桌下的那四条腿原来紧缠在一起，分开时很快很自然，但颂莲是确确实实看见了。

颂莲不动声色。她再也不去看梅珊和医生的脸了。颂莲这时的心情很复杂，有点惶惑，有点紧张，还有一点幸灾乐祸。她心里说，梅珊你活得也太自在了也太张狂了。

秋天里有很多这样的时候，窗外天色阴晦，细雨绵延不绝地落在花园里,从紫荆、石榴树的枝叶上溅起碎玉般的声音。这样的时候颂莲枯坐窗边,睇视外面晾衣绳上一块被雨打湿的丝绢,她的心绪烦躁复杂,有的念头甚至是秘不可示的。

颂莲就不明白为什么每逢阴雨就会想念床笫之事。陈佐千是不会注意到天气对颂莲生理上的影响的。陈佐千只是有点招架不住的窘态。他说,年龄不饶人,我又最烦什么三鞭神油的。陈佐千抚摩颂莲粉红的微微发烫的肌肤,摸到无数欲望的小兔在她皮肤下面跳跃。陈佐千的手渐渐地就狂乱起来,嘴也俯到颂莲的身上。颂莲面色绯红地侧身躺在长沙发上,听见窗外雨珠迸裂的声音,颂莲双目微闭,呻吟道,主要是下雨了。陈佐千没听清,你说什么?项链?颂莲说,对,项链,我想要一串最好的项链。陈佐千说,你要什么我不给你?只是千万别告诉她们。颂莲一下子就翻身坐起来,她们?她们算什么东西?我才不在乎她们呢。陈佐千说,那当然,她们谁也比不上你。他看见颂莲的眼神迅速地发生了变化,颂莲把他推开,很快地穿好内衣走到窗前去了。陈佐千说,你怎么了,颂莲回过头,幽怨地说,没情绪了,谁让你提起她们的?

陈佐千怏怏地和颂莲一起看着窗外的雨景。这样的时候整个世界都潮湿难耐起来。花园里空无一人,树叶绿得透出凉意，远远地那边的紫藤架被风掠过，摇晃有如人形。颂莲想起那口井，关于井的一些传闻。颂莲说，这园子里的东西有点鬼气。陈佐千说，哪来的鬼气？颂莲朝紫藤架努努嘴，喏，那口井。陈佐千说，不过就死了两个投井的，自寻短见的。颂莲说，死的谁？陈佐千说，反正你也不认识的，是上一辈的两个女眷。颂莲说，是姨太太吧。陈佐千脸色立刻有点难看了，谁告诉你的？颂莲笑笑说谁也没告诉我，我自己看见的，我走到那口井边，一眼就看见两个女人浮在井底里，一个像我，另一个还是像我。陈佐千说，你别胡说了，以后别上那儿去。颂莲拍拍手说，那不行，我还没去问问那两个鬼魂呢，她们为什么投井？陈佐千说，那还用问，免不了是些污秽事情吧。颂莲沉吟良久，后来她突然说了一句，怪不得这园子里修这么多井。原来是为寻死的人挖的。陈佐千一把搂过颂莲，你越说越离谱，别去胡思乱想。说着陈佐千抓住颂莲的手，让她摸自己的那地方，他说，现在倒又行了，来吧。我就是死在你床上也心甘情愿。

　　花园里秋雨萧瑟，窗内的房事因此有一种垂死的气息，颂莲的眼前是一片深深幽暗，唯有梳妆台上的几朵紫色雏菊闪烁着稀薄的红影。颂莲听见房门外有什么动静，她随手抓过一只香水瓶子朝房门上砸去。

陈佐千说,你又怎么了,颂莲说,她在偷看。陈佐千说,谁偷看?颂莲说,是雁儿。陈佐千笑起来,这有什么可偷看的?再说她也看不见。颂莲厉声说,你别护她,我隔多远也闻得出她的骚味。

黄昏的时候,有一群人围坐在花园里听飞浦吹箫。飞浦换上丝绸衫裤,更显出他的倜傥风流。飞浦持箫坐在中间,四面听箫的多是飞浦做生意的朋友。这时候这群人成为陈府上下关注的中心,仆人们站在门廊上远远地观察他们,窃窃私语。其他在室内的人会听见飞浦的箫声像水一样幽幽地漫进窗口,谁也无法忽略飞浦的箫声。

颂莲往往被飞浦的箫声所打动,有时甚至泪涟涟的。她很想坐到那群男人中间去,离飞浦近一点,持箫的飞浦令她回想起大学里一个独坐空室拉琴的男生。她已经记不清那个男生的脸,对他也不曾有深藏的暗恋,但颂莲易于被这种优美的情景感化,心里是一片秋水涟漪。颂莲踟蹰半天,搬了一张藤椅坐在门廊上,静听着飞浦的箫声。没多久箫声沉寂了,那边的男人们开始说话。颂莲顿时就觉得没趣了,她想,说话多无聊,还不是你诓我我骗你的,人一说起话来就变得虚情假意的了。于是颂莲起身回到房里,她突然想起箱子里也有一枝长箫，那是她父亲的遗物。颂莲打开那只藤条箱子，箱子好久没晒，已有一点霉味，那些弃之不穿的学生时代的衣裙整整齐齐地摞着，好像从前的日子尘封了，散出星星点点的怅然和梦幻。颂莲把那些衣服腾空了，也没有见那枝长箫。她明明记得离家时把箫放进箱底的，怎么会没有了呢？雁儿，雁儿你来。颂莲就朝门廊上喊。雁儿来了，说，四太太怎么不听少爷吹箫了？颂莲说，你有没有动过我的箱子？雁儿说，前一阵你让我收拾箱子的，我把衣服都叠好了呀。颂莲说，你有没有见一枝箫？箫？雁儿说，我没见，男人才玩箫呢！颂莲盯住雁儿的眼睛看，冷笑了一声，那么说是你把我的箫偷去了？雁儿说，四太太你也别随便糟践人，我偷你的箫干什么呀？颂莲说，你自然有你的鬼念头，从早到晚心怀鬼胎，还装得没事人似的。雁儿说，四太太你别太冤枉人了，你去问问老爷少爷大太太二太太三太太，我什么时候偷过主子一个铜板的？颂莲不再理睬她，她轻蔑地瞄着雁儿，然后跑到雁儿住的小偏房去，用脚踩着雁儿的杂木箱子说，嘴硬就给我打开。雁儿去拖颂莲的脚，一边哀求说，四太太你别踩我的箱子，我真的没拿你的箫。颂莲看雁儿的神色心中越来越有底，她从屋角抓过一把斧子说，劈碎了看一看，要是没有明天给你个新的箱子。她咬着牙一斧劈下去，雁儿的箱子就散了架，衣物铜板小玩意滚了一地。颂莲把衣物都抖开来看，没有那枝箫，但她忽然抓住一个鼓鼓的小白布包，打开一看，里面是个小布人，小布人的胸口刺着三枚细针。颂莲起初觉得好笑，但很快地她就发觉小布人很像她自己，再仔细地看，上面有依稀的两个墨迹：颂莲。颂莲的心好像真的被三枚细针刺着，一种尖锐的刺痛感。她的脸一下变得煞白。旁边的雁儿靠着墙，惊惶地看着她。颂莲突然尖叫了一声，她跳起来一把抓住雁儿的头发，把雁儿的头一次一次地往墙上撞。颂莲噙着泪大叫，让你咒我死！让你咒我死！雁儿无力挣脱，她只是软瘫在那里，发出断断续续的呜咽。颂莲累了，喘着气倏尔想到雁儿是不识字的，那么谁在小布人上写的字呢？这个疑问使她更觉揪心，颂莲后来就蹲下身子来，给雁儿擦泪，她换了种温和的声调，别哭了，事儿过了就过了，以后别这样，我不记你仇。不过你得告诉我是谁给你写的字。雁儿还在抽噎着，她摇着头说，我不说，不能说。颂莲说，你不用怕，我也不会闹出去的，你只要告诉我我绝对不会连累你的。雁儿还是摇头。颂莲于是开始提示。是毓如？雁儿摇头。那么肯定是梅珊了？雁儿依然摇头。颂莲倒吸了一口凉气，她的声音有些颤抖了。是卓云吧？雁儿不再摇头了，她的神情显得悲伤而麻木。颂莲站起来，仰天说了一句，知人知面不知心呐，我早料到了。

陈佐千看见颂莲眼圈红肿着，一个人呆坐在沙发上，手里捻着一枝枯萎的雏菊。陈佐千说，你刚才哭过？颂莲说，没有呀，你对我这么好，我干什么要哭？陈佐千想了想说，你要是嫌闷，我陪你去花园走走，到外面吃夜宵也行。颂莲把手中的菊枝又捻了几下，随手扔出窗外，淡淡地问，你把我的箫弄到哪里去了？陈佐千迟疑了一会儿，说，我怕你分心，收起来了。颂莲的嘴角浮出一丝冷笑，我的心全在这里，能分到哪里去？陈佐千也正色道，那么你说那箫是谁送你的？颂莲懒懒地说，不是信物，是遗物，我父亲的遗物。陈佐千就有点发窘说是我多心了，我以为是哪个男学生送你的。颂莲把手摊开来，说，快取来还我，我的东西我自己来保管。陈佐千更加窘迫起来，他搓着手来回地走，这下坏了，他说，我已经让人把它烧了。陈佐千没听见颂莲再说话，房间里一点一点黑下来。他打开电灯，看见颂莲的脸苍白如雪，眼泪无声地挂在双颊上。

这一夜对于他们两个人来说都是特殊的一夜，颂莲像羊羔一样把自己抱紧了，远离陈佐千的身体，陈佐千用手去抚摩她，仍然得不到一点回应。他一会儿关灯一会儿开灯，看颂莲的脸像一张纸一样漠然无情。陈佐千说，你太过分了，我就差一点给你下跪求饶了。颂莲沉默了一会儿，说，我不舒服。陈佐千说，我最恨别人给我看脸色。颂莲翻了个身说，你去卓云那里吧，反正她总是对人笑的。陈佐千就跳下床来穿衣服，说，去就去，幸亏我还有三房太太。

第二天卓云到颂莲房里来时，颂莲还躺在床上。颂莲看见她掀开门帘的时候打了个莫名的冷战。她佯睡着闭上眼睛，卓云坐到床头伸手摸摸颂莲的额头说，不烫呀，大概不是生病是生气吧。颂莲眼睛虚着朝她笑了笑，你来啦。卓云就去拉颂莲的手，快起来吧，这样躺没病也孵出毛病来。颂莲说，起来又能干什么？卓云说，给我剪头发，我也剪个你这样的学生头，精神精神。

卓云坐在圆凳上，等着颂莲给她剪头发。颂莲抓起一件旧衣服给她围上，然后用梳子慢慢梳着卓云的头发。颂莲说，剪不好可别怪我，你这样好看的头发，剪起来实在是心慌。卓云说，剪不好也没关系的，这把年纪了还要什么好看。颂莲仍然一下一下地把卓云的头发梳上去又梳下来，那我就剪了。卓云说，剪呀，你怎么那样胆小？颂莲说，主要是手生，怕剪着了你。说完颂莲就剪起来。卓云的乌黑松软的头发一绺绺地掉下来，伴随着剪刀双刃的撞击声。卓云说，你不是挺麻利的吗？颂莲说，你可别夸我，一夸我的手就抖了。说着就听见卓云发出了一声尖厉刺耳的叫声，卓云的耳朵被颂莲的剪刀实实在在地剪了一下。

甚至花园里的人也听见了卓云那声可怕的尖叫，梅珊房里的人都跑过来看个究竟。她们看见卓云捂住右耳疼得直冒虚汗，颂莲拿着把剪刀站在一边，她的脸也发白了，唯有地板上是几绺黑色的头发。你怎么啦？卓云的泪已夺眶而出，她的话没说完就捂住耳朵跑到花园里去了。颂莲愣愣地站在那堆头发边上，手中的剪刀当地掉在地上。她自言自语地说了一声，我的手发抖，我病着呢。然后她把看热闹的用人都推出门去，你们在这儿干什么？还不快给二太太请医生去。

梅珊牵着飞澜的手，仍然留在房里。她微笑着对颂莲看，颂莲避开她的目光，她操起芦花帚扫着地上的头发，听见梅珊忽然格格笑出了声音。颂莲说，你笑什么？梅珊眨了眨眼睛，我要是恨谁也会把她的耳朵剪掉，全部剪掉，一点不剩。颂莲沉下了脸，你这是什么意思？难道我是有意的吗？梅珊又嘻笑了一声说那只有天知道啦。

颂莲没再理睬梅珊，她兀自躺到床上去，用被子把头蒙住，她听见自己的心怦然狂跳。她不知道自己的心对那一剪刀负不负责任，反正谁都应该相信，她是无意的。这时候她听见梅珊隔着被子对她说话，梅珊说，卓云是慈善面孔蝎子心，她的心眼点子比谁都多。梅珊又说，我自知不是她对手，没准你能跟她斗一斗，这一点我头一次看见你就猜到了。颂莲在被子里动弹了一下，听见梅珊出乎意料地打开了话匣子。梅珊说你想知道我和她生孩子的事情吗？梅珊说我跟卓云差不多一起怀孕我三个月的时候她差人在我的煎药里放了泻胎药结果我命大胎儿没掉下来后来我们差不多同时临盆她又想先生孩子就花很多钱打外国催产针把阴道都撑破了结果还是我命大我先生了飞澜是个男的她竹篮打水一场空生了忆容不过是个小贱货还比飞澜晚了三个钟头呢。

天已寒秋，女人们都纷纷换上了秋衣，树叶也纷纷在清晨和深夜飘落在地，枯黄的一片覆盖了花园。几个女佣蹲在一起烧树叶，一股焦烟味弥漫开来，颂莲的窗口砰地打开，女佣们看见颂莲的脸因愤怒而涨得绯红。她抓着一把木梳在窗台上敲着，谁让你们烧树叶的？好好的树叶烧得那么难闻。女佣们便收起了笤帚箩筐，一个胆大的女佣说，这么多的树叶，不烧怎么弄？颂莲就把木梳从窗里砸到她的身上，颂莲喊，不准烧就是不准烧！然后她砰地关上了窗子。

四太太的脾气越来越大了。女佣们这么告诉毓如。她不让我们烧树叶，她的脾气怎么越来越大？毓如把女佣呵斥了一通，不准嚼舌头，轮不到你们来搬弄是非。毓如心里却很气，以往花园里的树叶每年都要烧几次的，难道来了个颂莲就要破这个规矩不成？女佣在一边垂手而立，说，那么树叶不烧了？毓如说，谁说不烧的？你们给我去烧，别理她好了。

女佣再去烧树叶，颂莲就没有露面，只是人去灰尽的时候见颂莲走出南厢房，她还穿着夏天的裙子，女佣说她怎么不冷，外面的风这么大。颂莲站在一堆黑灰那里，呆呆地看了会儿，然后她就去中院吃饭了。颂莲的裙摆在冷风中飘来飘去，就像一只白色蝴蝶。

颂莲坐在饭桌上，看他们吃。颂莲始终不动筷子。她的脸色冷静而沉郁，抱紧双臂，一副不可侵犯的样子。那天恰逢陈佐千外出，也是府中闹事的时机。飞浦说，咦，你怎么不吃？颂莲说，我已经饱了。飞浦说，你吃过了？颂莲鼻孔里哼了一声，我闻焦煳味已经闻饱了。飞浦摸不着头脑，朝他母亲看。毓如的脸就变了，她对飞浦说，你吃你的饭，管那么多呢。然后她放高嗓门，注视着颂莲，四太太，我倒是听你说说，你说那么多树叶堆在地上怎么弄？颂莲说，我不知道，我有什么资格料理家事？毓如说，年年秋天要烧树叶，从来没什么别扭，怎么你就比别人娇贵？那点烟味就受不了。颂莲说，树叶自己会烂掉的，用得着去烧吗？树叶又不是人。毓如说，你这是什么意思，莫名其妙的。颂莲说，我没什么意思，我还有一点不明白，为什么要把树叶扫到后院来烧，谁喜欢闻那烟味就在谁那儿烧好了。毓如便听不下去了，她把筷子往桌上一拍，你也不拿个镜子照照，你颂莲在陈家算什么东西？好像谁亏待了你似的。颂莲站起来，目光矜持地停留在毓如蜡黄有点浮肿的脸上。说对了，我算个什么东西？颂莲轻轻地像在自言自语，她微笑着转过身离开，再回头时已经泪光盈盈，她说，天知道你们又算个什么东西？

整整一个下午，颂莲把自己关在室内，连雁儿端茶时也不给开门。颂莲独坐窗前，看见梳妆台上的那瓶大丽菊已枯萎得发黑，她把那束菊花拿出来想扔掉，但她不知道往哪里扔，窗户紧闭着不再打开。颂莲抱着花在房间里踱着，她想来想去结果打开衣橱，把花放了进去。外面秋风又起，是很冷的风，把黑暗一点点往花园里吹。她听见有人敲门。她以为是雁儿又端茶来，就敲了一下门背，烦死了，我不要喝茶。外面的人说，是我，我是飞浦。

颂莲想不到飞浦会来，她把门打开，倚门而立。你来干什么？飞浦的头发让风吹得很凌乱，他捋着头发，有点局促地笑了笑说，他们说你病了，来看看你。颂莲嘘了一声，谁生病啊，要死就死了，生病多磨人。飞浦径直坐到沙发上去，他环顾着房间，突然说，我以为你房间里有好多书。颂莲摊开双手，一本也没有，书现在对我没用了。颂莲仍然站着，她说，你也是来教训我的吗？飞浦摇着头，说，怎么会？我见这些事头疼。颂莲说，那么你是来打圆场的？我看不需要，我这样的人让谁骂一顿也是应该的。飞浦沉默了一会儿说，我母亲其实也没什么坏心，她天性就是固执呆板，你别跟她斗气，不值得。颂莲在房间里来回走着，走着突然笑起来，其实我也没想跟大太太斗气，真的，我也不知道自己是怎么回事，你觉得我可笑吗？飞浦又摇头，他咳嗽了一声，慢吞吞地说，人都一样，不知道自己的喜怒哀乐是怎么回事。

他们的谈话很自然地引到那枝箫上去。我原来也有一枝箫，颂莲说，可惜，可惜弄丢了。那么你也会吹箫啦？飞浦高兴地问。颂莲说，我不会，还没来得及学就丢了。飞浦说，我介绍个朋友教你怎么样？我就是跟他学的。颂莲笑着，不置可否的样子。这时候雁儿端着两碗红枣银耳羹进来，先送到飞浦手上。颂莲在一边说，你看这丫头对你多忠心，不用关照自己就做好点心了。雁儿的脸羞得通红，把另外一碗往桌上一放就逃出去了。颂莲说，雁儿别走呀，大少爷有话跟你说，说着颂莲捂着嘴扑哧一笑。飞浦也笑，他用银勺搅着碗里的点心，说，你对她也太厉害了。颂莲说，你以为她是盏省油灯？这丫头心贱，我这儿来了人，她哪回不在门外偷听？也不知道她害的什么糊涂心思。飞浦察觉到颂莲的不快，赶紧换了话题，他说，我从小就好吃甜食，像这红枣银耳羹什么的，真是不好意思，朋友们都说，女人才喜欢吃甜食。颂莲的神色却依旧是黯然，她开始摩挲自己的指甲玩，那指甲留得细长，涂了凤仙花汁，看上去像一些粉红的鳞片。喂，你在听我讲吗？飞浦说。颂莲说，听着呢，你说女人喜欢吃甜食，男人喜欢吃咸的。飞浦笑着摇摇头，站起身告辞。临走他对颂莲说，你这人有意思，我猜不透你的心。颂莲说，你也一样，我也猜不透你的心。

十二月初七陈府门口挂起了灯笼，这天陈佐千过五十大寿。从早晨起前来祝寿的亲朋好友在陈家花园穿梭不息。陈佐千穿着飞浦赠送的一套黑色礼服在客厅里接待客人,毓如、卓云、梅珊、颂莲和孩子们则簇拥着陈佐千,与来去宾客寒暄。正热闹的时候,猛听见一声脆响,人们都朝一个地方看,看见一只半人高的花瓶已经碎伏在地。

原来是飞澜和忆容在那儿追闹,把花瓶从长几上碰翻了。两个孩子站在那儿面面相觑,知道闯了祸。飞澜先从骇怕中惊醒,指着忆容说,是她撞翻的,不关我的事。忆容也连忙把手指到飞澜鼻子上,你追我,是你撞翻的。这时候陈佐千的脸已经幡然变色,但碍于宾客在场的缘故,没有发作。毓如走过来,轻声地然而又是浊重地嘀咕着,孽种,孽种。她把飞澜和忆容拽到外面,一人掴了一巴掌,晦气,晦气。毓如又推了飞澜一把,给我滚远点。飞澜便滚到地上哭叫起来,飞澜的嗓门又尖又亮,传到客厅里。梅珊先就奔了出来,她把飞澜抱住,睃了毓如一眼,说,打得好,打得好,反正早就看不顺眼,能打一下是一下。毓如说,你这算什么话?孩子闯了祸,你不教训一句倒还护着他?梅珊把飞澜往毓如面前推,说,那好,就交给你教训吧,你打呀,往死里打,打死了你心里会舒坦一些。这时卓云和颂莲也跑了出来。卓云拉过忆容,在她头上拍了一下,我的小祖奶奶,你怎么尽给我添乱呢？你说，到底谁打破的花瓶？忆容哭起来，不是我，我说了不是我，是飞澜撞翻了桌子。卓云说，不准哭，既然不是你你哭什么？老爷的喜日都给你们冲乱了。梅珊在一边冷笑了一声，说，三小姐小小年纪怎么撒谎不打愣？我在一边看得清清楚楚，是你的胳膊把花瓶带翻的。四个女人一时无话可说，唯有飞澜仍然一声声哭号着。颂莲在一边看了一会儿，说，犯不着这样，不就是一只花瓶吗？碎了就碎了，能有什么事？毓如白了颂莲一眼，你说得轻巧，这是一只瓶子的事吗？老爷凡事喜欢图吉利，碰上你们这些人没心没肝的，好端端的陈家迟早要败在你们手里。颂莲说，耶，怎么又是我的错了？算我胡说好了，其实谁想管你们的事？颂莲一扭身离开了是非之地，她往后花园走，路上碰到飞浦和他的一班朋友，飞浦问，你怎么走了？颂莲摸摸自己的额头，说，我头疼，我见了热闹场面头就疼。

颂莲真的头疼起来，她想喝水，但水瓶全是空的，雁儿在客厅帮忙，趁势就把这里的事情撂下了。颂莲骂了一声小贱货，自己开了炉门烧水。她进了陈家还是头一次干这种家务活，有点笨手拙脚的。在厨房里站了一会儿，她又走到门廊上，看见后花园此时寂静无比，人都热闹去了，留下一些孤寂，它们在枯枝残叶上一点点滴落,浸入颂莲的心。她又看见那架凋零的紫藤,在风中发出凄迷的絮语,而那口井仍然向她隐晦地呼唤着。颂莲捂住胸口,她觉得她在虚无中听见了某种启迪的声音。

颂莲朝井边走去,她的身体无比轻盈,好像在梦中行路一般。有一股植物腐烂的气息弥漫井台四周,颂莲从地上捡起一片紫藤叶子细看了看,把它扔进井里。她看见叶子像一片饰物浮在幽蓝的死水之上,把她的浮影遮盖了一块,她竟然看不见自己的眼睛。颂莲绕着井台转了一圈,始终找不到一个角度看见自己,她觉得这很奇怪,一片紫藤叶子,她想,怎么会?正午的阳光在枯井中慢慢地跳跃,变幻成一点点白光,颂莲突然被一个可怕的想象攫住,一只手,有一只手托住紫藤叶遮盖了她的眼睛,这样想着她似乎就真切地看见一只苍白的湿漉漉的手,它从深不可测的井底升起来,遮盖她的眼睛。颂莲惊恐地喊出了声音。手。手。她想返身逃走,但整个身体好像被牢牢地吸附在井台上,欲罢不能。颂莲觉得她像一株被风折断的花,无力地俯下身子,凝视井中。在又一阵的晕眩中她看见井水倏地翻腾喧响,一个模糊的声音自遥远的地方切入耳膜:颂莲,你下来。颂莲,你下来。

卓云来找颂莲的时候,颂莲一个人坐在门廊上,手里抱着梅珊养的波斯猫。卓云说,你怎么在这儿?开午宴了。颂莲说,我头晕得厉害,不想去。卓云说,那怎么行?有病也得去呀,场面上的事情,老爷再三吩咐你回去。颂莲说,我真的不想去,难受得快死了,你们就让我清静一会儿吧。卓云笑了笑,说,是不是跟毓如生气呀?没有,我没精神跟谁生气,颂莲露出了不耐烦的神情,她把怀里的猫往地上一扔,说,我想睡一会儿。卓云仍然赔着笑脸,那你就去睡吧,我回去告诉老爷就是了。

这一天颂莲昏昏沉沉地睡着,睡着也看见那口井,井中那片紫藤叶,她浑身沁出一身冷汗。谁知道那口井是什么?那片紫藤叶是什么?她颂莲又是什么?后来她懒懒地起来,对着镜子梳洗了一番。她看见自己的面容就像那片枯叶一样憔悴毫无生气。她对镜子里的女人很陌生。她不喜欢那样的女人。颂莲深深地叹了一口气,这时候她想起了陈佐千和生日这些概念,心里对自己的行为不免后悔起来。她自责地想我怎么一味地耍起小性子来了,她深知这对她的生活是有害无益的,于是她连忙打开了衣橱门,从里取出一条水灰色的羊毛围巾,这是她早就为陈佐千的生日准备的礼物。

晚宴上全部是陈家自己人了。颂莲进饭厅的时候看见他们都已落座。他们不等我就开桌了。颂莲这样想着走到自己的座位前,飞浦在对面招呼说,你好了?颂莲点点头,她偷窥陈佐千的脸色,陈佐千脸色铁板阴沉,颂莲的心就莫名地跳了一下,她拿着那条羊毛围巾送到他面前,老爷,这是我的微薄之礼。陈佐千嗯了一声,手往边上的圆桌一指,放那边吧。颂莲抓着围巾走过去,看见桌上堆满了家人送的寿礼。一只金戒指,一件狐皮大衣,一只瑞士手表,都用红缎带扎着。颂莲的心又一次咯噔了一下,她觉得脸上一阵燥热。重新落座,她听见毓如在一边说,既是寿礼,怎么也不知道扎条红缎带?颂莲装作没听见,她觉得毓如的挑剔实在可恶,但是整整一天她确实神思恍惚,心不在焉。她知道自己已经惹恼了陈佐千,这是她唯一不想干的事情。颂莲竭力想着补救的办法,她应该让他们看到她在老爷面前的特殊地位,她不能做出卑贱的样子,于是颂莲突然对着陈佐千莞尔一笑,她说,老爷,今天是你的吉辰良月,我积蓄不多,送不出金戒指皮大衣,我再补送老爷一份礼吧。说着颂莲站起身走到陈佐千跟前,抱住他的脖子,在他脸上亲了一下,又亲了一下。桌上的人都呆住了,望着陈佐千。陈佐千的脸涨得通红,他似乎想说什么,又说不出什么,终于把颂莲一把推开,厉声道,众人面前你放尊重一点。

陈佐千这一手其实自然，但颂莲却始料不及，她站在那里，睁着茫然而惊惶的眼睛盯着陈佐千，好一会儿她意识到发生了什么，她捂住了脸，不让他们看见扑簌簌涌出来的眼泪。她一边往外走一边低低地碎帛似的哭泣，桌上的人听见颂莲在说，我做错了什么，我又做错了什么？

即使站在一边的女仆也目睹了发生在寿宴上的风波，她们敏感地意识到这将是颂莲在陈府生活的一大转折。到了夜里，两个女仆去门口摘走寿日灯笼，一个说，你猜老爷今天夜里去谁那儿？另一个想了会儿说，猜不出来，这种事还不是凭他的兴致来，谁能猜得到？

两个女人面对面坐着，梅珊和颂莲。梅珊是精心打扮过的，画了眉毛，涂了嫣丽的美人牌口红，一件华贵的裘皮大衣搭在膝上，而颂莲是懒懒的刚刚起床的样子，手指上夹着一支烟，虚着眼睛慢慢地吸。奇怪的是两个人都不说话，听墙上的挂钟嘀嗒嘀嗒响，颂莲和梅珊各怀心事，好像两棵树面对面地各怀心事，这在历史上也是常见的。

梅珊说，我发现你这两天脾气坏了，是不是身上来了？

颂莲说，这跟那个有什么联系，我那个不准，也不知道什么时候来，什么时候又去了。

梅珊说，聪明女人这事却糊涂，这个月还没来？别是怀上了吧？

颂莲说，没有没有哪有这事？

梅珊说，你照理应该有了，陈佐千这方面挺有能耐的，晚上你把小腰儿垫高一点，真的，不诓你。

颂莲说，梅珊你真是嘴没遮拦的，亏你说得出口。

梅珊说，不就这么回事，有什么可瞒瞒藏藏的，你要是不给陈家添个人丁，苦日子就在后面了。我们这样的人都一回事。

颂莲说，陈佐千这一阵子根本就没上我这里来，随便吧，我无所谓的。

梅珊说，你是没到那个火候，我就不，我跟他直说了，他只要超过五天不上我那里，我就找个伴。我没法过活寡日子。他在我那儿最辛苦，他对我又怕又恨又想要，我可不怕他。

颂莲说，这事多无聊，反正我都无所谓的，我就是不明白女人到底是个什么东西，女人到底算个什么东西，就像狗、像猫、像金鱼、像老鼠，什么都像，就是不像人。

梅珊说，你别尽自己糟践自己，别担心陈佐千把你冷落了，他还会来你这儿的，你比我们都年轻，又水灵，又有文化，他要是抛下你去找毓如和卓云才是傻瓜呢，她们的腰快赶上水桶那样粗啦。再说当众亲他一下又怎么样呢？

颂莲说，你这人真讨厌，我不是这个意思，我是说我自己。

梅珊说，别去想那事了，没什么，他就是有点假正经，要是在床上，别说亲一下脸，就是亲他那儿他也乐意。

颂莲说，你别说了真让人恶心。

梅珊说，那么你跟我上玫瑰戏院去吧，程砚秋来了，演《荒山泪》，怎么样，去散散心吧？

颂莲说，我不去，我不想出门，这心就那么一块，怎么样都是那么一块，散散心又能怎么样？

梅珊说，你就不能陪陪我，我可是陪你说了这么多话。

颂莲说，让我陪你有什么趣呢，你去找陈佐千陪你，他要是没工夫你就找那个医生嘛。

梅珊愣了一下，她的脸立刻挂下来了。梅珊抓起裘皮大衣和围脖起身，她逼近颂莲朝她盯了一眼，一扬手把颂莲嘴里衔着的香烟打在地上，又用脚碾了一下。梅珊厉声说，这可不是玩笑话，你要是跟别人胡说我就把你的嘴撕烂了。我不怕你们，我谁也不怕，谁想害我都是痴心妄想！

飞浦果然领了一个朋友来见颂莲，说是给她请的吹箫老师。颂莲反而手足无措起来，她原先并没把学箫的事情当真。定睛看那个老师，一个皮肤白皙留平头的年轻男子，像学生又不像学生，举手投足有点腼腆拘谨。通报了名字，原来是此地丝绸大王顾家的三公子。颂莲从窗子里看见他们过来，手拉手的。颂莲觉得两个男子手拉手地走路，有一种新鲜而古怪的感觉。

看你们两个多要好，颂莲抿着嘴笑，我还没见过两个大男人手拉手走路呢。飞浦的样子有点窘，他说，我们从小就认识，在一个学堂念书的。再看顾家少爷，更是脸红红的。颂莲想这位老师有意思，动辄脸红的男人不知是什么样的男人。颂莲说，我长这么大，就没交上一个好朋友。飞浦说，这也不奇怪，你看上去孤傲，不太容易接近吧。颂莲说，冤枉了，我其实是孤而不傲，要傲总得有点资本吧。我有什么资本傲呢？

飞浦从一个黑绸箫袋里抽出那枝箫，说，这枝送你吧，本来也是顾少爷给我的，借花献佛啦。颂莲接过箫来看了看顾少爷，顾少爷颔首而笑。颂莲把箫搁在唇边，胡乱吹了一个音，说，就怕我笨，学不会。顾少爷说，吹箫很简单的，只要用心，没有学不会的道理。颂莲说，就怕我用不上那份心，我这人的心像沙子一样散的，收不起来。顾少爷又笑了，那就困难了，我只管你的箫，管不了你的心。飞浦坐下来，看看颂莲，又看看顾少爷，目光中闪烁着他特有的温情。

箫有七孔，一个孔是一份情调，缀起来就特别优美，也特别感伤，吹箫人就需要这两种感情。顾少爷很含蓄地看着颂莲说，这两种感情你都有吗？颂莲想了想说，恐怕只有后一种。顾少爷说，有也就不错了，感伤也是一份情调，就怕空，就怕你心里什么也没有，那就吹不好箫了。颂莲说，顾少爷先吹一曲吧，让我听听箫里有什么。顾少爷也不推辞，直箫便吹。颂莲听见一丝轻婉柔美的箫声流出来，如泣如诉的。飞浦坐在沙发上闭起了眼睛，说，这是《秋怨曲》。

毓如的丫环福子就是这时候来敲窗的，福子尖声喊着飞浦，大少爷，太太让你去客厅见客呢。飞浦说，谁来了？福子说，我不知道，太太让你快去，飞浦皱了皱眉头说，叫客人上这儿来找我。福子仍然敲着窗，喊，太太一定要你去，你不去她要骂死我的。飞浦轻轻骂了一声，讨厌。他无可奈何地站起来，又骂，什么客人？见鬼。顾少爷持箫看着飞浦，疑疑惑惑地问，那这箫还教不教？飞浦挥挥手说，教呀，你在这儿，我去看看就是了。

剩下颂莲和顾少爷坐在房里，一时不知说什么好。颂莲突然微笑了一声说，撒谎。顾少爷一惊，你说谁撒谎？颂莲也醒过神来，不是说你，说她，你不懂的。顾少爷有点坐立不安，颂莲发现他的脸又开始红了，她心里又好笑，大户人家的少爷也有这样薄脸皮的，爱脸红无论如何也算是条优点。颂莲就带有怜悯地看着顾少爷，颂莲说，你接着吹呀，还没完呢。顾少爷低头看看手里的箫，把它塞回墨绸箫袋里，低声说，完了，这下没情调了，曲子也就吹完了。好曲就怕败兴，你懂吗？飞浦一走箫就吹不好了。

顾少爷很快就起身告辞了。颂莲送他到花园里，心里忽然对他充满感激之情，又不宜表露，她就停步按了按胸口，屈膝道了个万福。顾少爷说，什么时候再学箫？颂莲摇了摇头，不知道。顾少爷想了想说，看飞浦安排吧，又说，飞浦对你很好，他常在朋友面前夸你。颂莲叹了口气，他对我好有什么用？这世界上根本就没人可以依靠。

颂莲刚回屋里，卓云就风风火火闯进来，说飞浦和大太太吵起来了。颂莲先是愣了一下，接着就冷笑道，我就猜到是这么回事。卓云说，你去劝劝吧。颂莲说，我去劝算什么？人家是母子，随便怎么吵，我去劝算什么呢？卓云说，你难道不知道他们吵架是为你？颂莲说，耶，这就更奇怪了，我跟他们井水不犯河水，干吗要把我缠进去？卓云斜睨着颂莲，你也别装糊涂了，你知道他们为什么吵。颂莲的声音不禁尖厉起来，我知道什么？我就知道她容不得谁对我好，她把我看成什么人了？难道我还能跟她儿子有什么吗？颂莲说着眼里又沁出泪花，真无聊，真可恶。她说，怎么这样无聊？卓云的嘴里正嗑着瓜子，这会儿她把手里的瓜子壳塞给一边站着的雁儿，卓云笑着推颂莲一把，你也别发火，身正不怕影子斜，无事不怕鬼敲门，怕什么呀？颂莲说，让你这么一说，我倒好像真有什么怕的了。你爱劝架你去劝好了，我懒得去。卓云说，颂莲你这人心够狠的，我是真见识了。颂莲说，你太抬举我了，谁的心也不能掏出来看，谁心狠谁自己最清楚。

第二天颂莲在花园里遇到飞浦。飞浦无精打采地走着，一路走一路玩着一只打火机。飞浦装作没有看见颂莲，但颂莲故意高声地喊住了他。颂莲一如既往地跟他站着说话。她问，昨天来的什么客人，害得我箫也没学成。飞浦苦笑了一声，别装糊涂了，今天满园子都在传我跟太太吵架的事。颂莲又问，你们吵什么呢？飞浦摇了摇头，一下一下地把打火机打出火来，又吹熄了，他朝四周潦草地看了看，说，待在家里时间一长就令人生厌，我想出去跑了，还是在外面好，又自由，又快活。颂莲说，我懂了，闹了半天，你还是怕她。飞浦说，不是怕她，是怕烦，怕女人，女人真是让人可怕。颂莲说，你怕女人？那你怎么不怕我？飞浦说，对你也有点怕，不过好多了，你跟她们不一样，所以我喜欢去你那儿。

后来颂莲老想起飞浦漫不经心说的那句话，你跟她们不一样。颂莲觉得飞浦给了她一种起码的安慰，就像若有若无的冬日阳光，带着些许暖意。

以后飞浦就极少到颂莲房里来了，他在生意上好像也做得不顺当，总是闷闷不乐的样子。颂莲只有在饭桌上才能看到他，有时候眼前就浮现出梅珊和医生的腿在麻将桌下做的动作，她忍不住地偷偷朝桌下看，看她自己的腿，会不会朝那面伸过去。想到这件事她心里又害怕又激动。

这天飞浦突然来了，站在那儿搓着手，眼睛看着自己的脚。颂莲见他半天不开口，扑哧笑了，你葫芦里卖的什么药，怎么不说话？飞浦说，我要出远门了。

颂莲说，你不是经常出远门的吗？飞浦说，这回是去云南，做一笔烟草生意。颂莲说，那有什么，只要不是鸦片生意就行。飞浦说，昨天有个高僧给我算卦，说我此行凶多吉少。本来我从不相信这一套，但这回我好像有点相信了。颂莲说，既然相信就别去，听说那里土匪特别多，割人肉吃。飞浦说，不去不行，一是我想出门，二是为了进账，陈家老这样下去会坐吃山空。老爷现在有点糊涂，我不管谁管？颂莲说，你说得在理，那就去吧，大男人整天窝在家里也不成体统。飞浦搔着头沉默了一会儿，突然说，我要是去了回不来，你会不会哭？颂莲就连忙去捂他的嘴，别自己咒自己。飞浦抓住颂莲的手，翻过来，又翻过去研究，说，我怎么不会看手纹呢？什么名堂也看不出来。也许你命硬，把什么都藏起来了。颂莲抽出了手，说，别闹，让雁儿看见了会乱嚼舌头。飞浦说，她敢我把她的舌头割了熬汤喝。

　　颂莲在门廊上跟飞浦说拜拜，看见顾少爷在花园里转悠。颂莲问飞浦，他怎么在外面？飞浦笑笑说，他也怕女人，跟我一样的。又说，他跟我一起去云南。颂莲做了个鬼脸，你们两个倒像夫妻了，形影不离的。飞浦说，你好像有点嫉妒了，你要想去云南我就把你也带上，你去不去？颂莲说，我倒是想去，就是行不通。飞浦说，怎么行不通？颂莲揉了他一把，别装傻，你知道为什么行不通。快走吧，走吧。她看见飞浦跟顾少爷从月牙门里走出去，消失了。她说不清自己对这次告别的感觉是什么，无所谓或者怅怅然的，但有一点她心里明白，飞浦一走她在陈家就更加孤独了。

陈佐千来的时候颂莲正在抽烟。她回头看见他时的第一个反应就是把烟掐灭。她记得陈佐千说过讨厌女人抽烟。陈佐千脱下帽子和外套，等着颂莲过去把它们挂到衣架上去。颂莲迟迟疑疑地走过去，说，老爷好久没来了。陈佐千说你怎么抽起烟来了？女人一抽烟就没有女人味了。颂莲把他的外套挂好，把帽子往自己头上一扣，嬉笑着说，这样就更没有女人味了，是吗？陈佐千就把帽子从她头上捞过来，自己挂到衣架上。他说，颂莲你太调皮了。你调皮起来太过分，也不怪人家说你。颂莲立刻说，说什么？谁说我？到底是人家还是你自己，人家乱嚼舌头我才不在乎，要是老爷你也容不下我，那我只有一死干净了。陈佐千皱了下眉头说，好了好了，你们怎么都一样，说看说着就是死，好像日子过得多凄惨似的，我最不喜欢这一套。颂莲就去摇陈佐千的肩膀，既不喜欢，以后不说死就是了，其实好端端的谁说这些，都是伤心话，陈佐千把她搂过来坐到他腿上，那天的事你伤心了？

主要是我情绪不好，那天从早到晚我心里乱极了，也不知道为什么，男人过五十岁生日大概都高兴不起来。颂莲说，哪天的事呀？我都忘了。陈佐千笑起来，在她腰上掐了一把，说，哪天的事？我也忘了。

隔了几天不在一起，颂莲突然觉得陈佐千的身体很陌生，而且有一股薄荷油的味道，她猜到陈佐千这几天是在毓如那里的，只有毓如喜欢擦薄荷油。颂莲从床边摸出一瓶香水，朝陈佐千身上细细地洒过了，然后又往自己身上洒了一些。陈佐千说，从哪儿学来的这一套。颂莲说，我不让你身上有她们的气味。陈佐千踢了踢被子，说，你还挺霸道。颂莲说了一声，想霸道也霸道不起呀，忽然又问，飞浦怎么去云南了？陈佐千说，说是去做一笔烟草生意，我随他去。颂莲又说，他跟那个顾少爷怎么那样好？陈佐千笑了一声，说，那有什么奇怪的，男人与男人之间的有些事你不懂的。颂莲无声地叹了一口气，她摸着陈佐千精瘦的身体，脑子里倏地浮现出一个秘不可告人的念头。她想飞浦躺在被子里会是什么样子？

作为一个具有了性经验的女人，颂莲是忘不了这特殊的一次的。陈佐千已经汗流浃背了，却还是徒劳。她敏锐地发现了陈佐千眼睛里深深的恐惧和迷乱。这是怎么啦？她听见他的声音变得软弱胆怯起来。颂莲的手指像水一样地在他身上流着，她感觉到手下的那个身体像经过了爆裂终于松弛下去，离她越来越远。她明白在陈佐千身上发生了某种悲剧，心里有一种奇怪的感情，不知是喜是悲，她觉得自己很茫然。她摸了下陈佐千的脸说，你是太累了，先睡一会儿吧。陈佐千摇着头说，不是不是，我不相信。颂莲说，那怎么办呢？陈佐千犹豫了一会儿，说，有个办法可能行，就是不知道你肯不肯？颂莲说，只要你高兴，我没有不肯的道理。陈佐千的脸贴过去，咬着颂莲的耳朵，他先说了一句话，颂莲没听懂，他又说一遍，颂莲这回听懂了，她无言以对，脸羞得极红。她翻了个身，看着黑暗中的某个地方，忽然说了一句，那我不成了一条狗了吗？陈佐千说，我不强迫你，你要是不愿意就算了。颂莲还是不语，她的身体像猫一样蜷起来，然后陈佐千就听见了一阵低低的啜泣，陈佐千说，不愿意就不愿意，也用不到哭呀。没想到颂莲的啜泣越来越响，她蒙住脸放声哭起来。陈佐千听了一会儿，说，你再哭我走了。颂莲依然哭泣，陈佐千就掀了被子跳下床，他一边穿衣服一边说，没见过你这种女人，做了婊子还立什么贞节牌坊？

陈佐千拂袖而去。颂莲从床上坐起来，面对黑暗哭了很长时间，她看见月光从窗帘缝隙间投到地上，冷冷的一片，很白很淡的月光。她听见自己的哭声还萦绕着她的耳边，没有消逝，而外面的花园里一片死寂。这时候她想起陈佐千临走说的那句话，浑身便颤得很厉害，她猛地拍了一下被子，对着黑暗的房间喊，谁是婊子，你们才是婊子。

这年冬天在陈府是不寻常的，种种迹象印证了这一点。陈家的四房太太偶尔在一起说起陈佐千脸上不免流露暧昧的神色，她们心照不宣，各怀鬼胎。陈佐千总是在卓云房里过夜，卓云平日的状态就很好，另外的三位太太观察卓云的时候，毫不掩饰眼睛里的疑点，那么卓云你是怎么伺候老爷过夜的呢？

有些早晨，梅珊在紫藤架下披上戏装重温舞台旧梦，一招一式唱念做都很认真，花园里的人们看见梅珊的水袖在风中飘扬，梅珊舞动的身影也像一个俏丽的鬼魅。

> 四更鼓哇
> 满江中啊人声寂静
> 形吊影影吊形我加倍伤情
> 细思量啊
> 真是个红颜薄命

可怜我数年来含羞忍泪

枉落个娼妓之名

到如今退难退我进又难进

倒不如葬鱼腹了此残生

杜十娘啊拼一个香消玉殒

纵要死也死一个朗朗清清

颂莲听得入迷,她朝梅珊走过去,抓住她的裙裾,说,别唱了,再唱我的魂要飞了,你唱的什么?梅珊撩起袖子擦掉脸上的红粉,坐到石桌上,只是喘气。颂莲递给她一块丝帕,说,看你脸上擦得红一块白一块的,活脱脱像个鬼魂。梅珊说,人跟鬼就差一口气,人就是鬼,鬼就是人。颂莲说,你刚才唱的什么?听得人心酸。梅珊说,《杜十娘》,我离开戏班子前演的最后一出戏就是这。杜十娘要寻死了,唱得当然心酸。颂莲说,什么时候教我唱唱这一段?梅珊瞟了颂莲一眼,说得轻巧,你也想寻死吗?你什么时候想寻死我就教你。颂莲被呛得说不出话,她呆呆地看着梅珊被油彩弄脏的脸,她发现她现在不恨梅珊,至少是现在不恨,即使她出语伤人。她深知梅珊和毓如再加上她自己,现在有一个共同的仇敌,就是卓云。颂莲只是不屑于表露这种意思。她走到废井边,弯下腰朝井里看了看，忽然笑了一声，鬼，这里才有鬼呢，你知道是谁死在这井里吗？梅珊依然坐在石桌上不动，她说，还能是谁？一个是你，一个是我。颂莲说，梅珊你老开这种玩笑，让人头皮发冷。梅珊笑起来说，你怕了，你又没偷男人，怕什么，偷男人的都死在这井里，陈家好几代了都是这样。颂莲朝后退了一步，说，多可怕，是推下去的吗？梅珊甩了甩水袖，站起来说，你问我我问谁，你自己去问那些鬼魂好了。梅珊走到废井边，她也朝井里看了会儿，然后她一字一句念了个道白：屈、死、鬼、呐——

她们在井边断断续续说了一会儿话，不知怎么就说到了陈佐千的暗病上去。梅珊说，油灯再好也有个耗尽的时候，就怕续不上那一壶油呐。又说，这园子里阴气太旺，损了阳气也是命该如此，这下可好，他陈佐千陈老爷占着茅坑不拉屎，苦的是我们，夜夜守空房。说着就又说到了卓云，梅珊咬牙切齿地骂，她那一身贱肉反正是跟着老爷抖你看她抖得多欢恨不得去舔他的屁眼说又甜又香她以为她能兴风作浪看我什么时候狠狠治她一下叫她又哭爹又喊娘。

颂莲却走神了，她每次到废井边总是摆脱不了梦魇般的幻觉。她听见井水在很深的地层翻腾，送上来一些亡灵的语言，她真的听见了，而且感觉到井里泛出冰冷的瘴气，湮没了她的灵魂和肌肤。我怕。颂莲这样喊了一声转身就跑，她听见梅珊在后面喊，喂你怎么啦你要是去告密我可不怕我什么也没说过。

这天忆云放学回家是一个人回来的，卓云马上意识到什么，她问，忆容呢？忆云把书包朝地上一扔说，她让人打伤了，在医院呢。卓云也来不及细问，就带了两个男仆往医院赴。他们回家已是晚饭时分，忆容头上缠着绷带，被卓云抱到饭桌上。吃饭的人都放下筷子，过来看忆容头上的伤。陈佐千平日最宠爱的就是忆容，他把忆容又抱到自己腿上，问，告诉我是谁打的，明天我扒了他的皮。忆容哭丧着脸，说了一个男孩的名字。陈佐千怒不可遏，说他是谁家的孩子？竟敢打我的女儿。卓云在一边抹着眼泪说，你问她能问出什么名堂来？明天找到那孩子，才能问个仔细，哪个丧尽人良的禽兽不如的东西，对孩子下这样的毒手？毓如微微皱了下眉头，说，吃你们的饭吧，孩子在学堂里打架也是常有的事，也没伤着要害，养儿大就好了。卓云说，大太太你也说得太轻巧了，差一点就把眼睛弄瞎了，孩子细皮嫩肉的受得了吗？再说，我倒不怎么怪罪孩子，气的是指使他的那个人，要不然，没冤没仇的，那孩子怎么就会从树后面窜出来，抡起棍子就朝忆容打？梅珊只顾往碗里舀鸡汤，一边说，二太太的心眼也太多，孩子间闹别扭，有什么道理好讲？不要疑神疑鬼的，搞得谁也不愉快。卓云冷冷地说，不愉快的事在后面呢，这口气怎么咽得下去？我倒是非要搞个水落石出不可。

谁也想不到的是，第二天吃午饭的时候，卓云领了一个男孩进了饭间，男孩胖胖的，拖着鼻涕。卓云跟他低声说了句什么，男孩就绕着饭桌转了一圈，挨个看着每个人的脸，突然他就指着梅珊说，是她，她给了我一块钱。梅珊朝天翻了翻眼睛，然后推开椅子，抓住男孩的衣领，你说什么？我凭什么给你一块钱？男孩死命挣脱着，一边嚷嚷，是你给我一块钱，让我去揍陈忆容和陈忆云。梅珊啪地打了男孩一个耳光，放屁，我根本就不认识你个小兔崽，谁让你来诬陷我的？这时候卓云上去把他们拉开，佯笑着说，行了，就算他认错了人，我心中有个数就行了。说着就把男孩推出了吃饭间。

梅珊的脸色很难看，她把勺子朝桌上一扔，说，不要脸。卓云就在这边说，谁不要脸谁心里清楚，还要我把丑事抖个干净啊。陈佐千终于听不下去了，一声怒喝，不想吃饭给我滚，都给我滚！

这事的前后过程颂莲是个局外人，她冷眼观察，不置一词。事实上从一开始她就猜到了梅珊，她懂得梅珊这种品格的女人，爱起来恨起来都疯狂得可怕。她觉得这事残忍而又可笑，完全不加理智，但奇怪的是，她内心同情的一面是梅珊，而不是无辜的忆容，更不是卓云。她想女人是多么奇怪啊，女人能把别人琢磨透了，就是琢磨不透她自己。

颂莲的身上又来了，没有哪次比这回更让颂莲焦虑和烦躁了。那摊紫红色的污血对于颂莲是一种无情的打击。她心里清楚，她怀孕的可能随着陈佐千的冷淡和无能变得可望而不可即。如果这成了事实，那么她将孤零零地像一叶浮萍在陈家花园漂流下去吗？

颂莲发现自己愈来愈容易伤感，苦泪常沾衣襟。颂莲流着泪走到马桶间去，想把污物扔掉。当她看见马桶浮着一张被浸烂的草纸时，就骂了一声，懒货。雁儿好像永远不会用新式的抽水马桶，她方便过后总是忘了冲水。颂莲刚要放水冲，一种超常的敏感和多疑使她萌生一念，她找到一柄刷子，皱紧了鼻子去拨那团草纸，草纸摊开后原形毕露，上面有一个模糊的女人，虽然被水泅烂了，但草纸上的女人却一眼就能分辨，而且是用黑红色的不知什么血画的。颂莲明白，画的又是她，雁儿又换了个法子偷偷对她进行恶咒。她巴望我死，她把我扔在马桶里。颂莲浑身颤抖着把那张草纸捞起来，她一点也不嫌脏了，浑身的血液都被雁儿的恶行点得火烧火燎。她夹着草纸撞开小偏屋的门，雁儿靠着床在打盹。雁儿说，太太你要干什么？颂莲把草纸往她脸上摔过去，雁儿说，什么东西？等到她看清楚了，脸就灰了，嗫嚅着说不是我用的。颂莲气得说不出话，盯视的目光因愤怒而变得绝望。雁儿缩在床上不敢看她，说，画着玩的。不是你。颂莲说，你跟谁学的这套阴毒活儿？你想害死我你来当太太是吗？雁儿不敢吱声，抓了那张草纸要往窗外扔。颂莲尖声大喊，不准扔！雁儿回头申辩，这是脏东西，留着干吗？颂莲抱着双臂在屋里走着，留着自然有用。有两条路随你走。一条路是明了，把这脏东西给老爷看，给大家看，我不要你来伺候了，你哪是伺候我？你是来杀我来了。还有一条路是私了。雁儿就怯怯地说，怎么私了？你让我干什么都行，就是别撵我走。颂莲莞尔一笑，私了简单，你把它吃下去。雁儿一惊，太太你说什么？颂莲侧过脸去看着窗外，一字一顿地说，你把它吃下去。雁儿浑身发软，就势蹲了下去，蒙住脸哭起来，那还不如把我打死好。颂莲说，我没劲打你，打你脏了我的手。你也别怨我狠，这叫做以其人之道还治其人之身，书上说的，不会有错。雁儿只是蹲在墙角哭，颂莲说，你这会儿又要干净了，不吃就滚蛋，卷铺盖去吧。雁儿哭了很长时间，突然抹了下眼睛,一边哽咽一边说,我吃,吃就吃。然后她抓住那张草纸就往嘴里塞,发出一阵撕心裂肺的干呕声。颂莲冷冷地看着,并没有什么快感,她不知怎么感到寒心,而且反胃得厉害。贱货。她厌恶地看了一眼雁儿,离开了小偏房。

雁儿第二天就病了,病得很厉害,医生来看了,说雁儿得了伤寒。颂莲听了心里像被什么钝器割了一下,隐隐作痛。消息不知怎么透露了出去,用人们都在谈论颂莲让雁儿吞草纸的事情,说四太太看不出来比谁都阴损,说雁儿的命大概也保不住了。

陈佐千让人把雁儿抬进了医院。他对管家说,尽量给她治,花费全由我来,不要让人骂我们不管下人死活。抬雁儿的时候,颂莲躲在房间里,她从窗帘缝里看见雁儿奄奄一息地躺在担架上,她的头皮因为大量掉发而裸露着,模样很吓人。她感觉到雁儿枯黄的目光透过窗帘,很沉重地刺透了她的心。后来陈佐千到颂莲房里来,看见颂莲站在窗前发呆。陈佐千说,你也太阴损了,让别人说尽了闲话,坏了陈家名声。颂莲说,是她先阴损我的,她天天咒我死。陈佐千就恼了,你是主子,她是奴才,你就跟她一般见识?颂莲一时语塞,过了会儿又无力地说,我也没想把她弄病,她是自己害了自己,能全怪我吗?陈佐千挥挥手,不耐烦地说，别说了，你们谁也不好惹，我现在见了你们头就疼。你们最好别再给我添乱了。说完陈佐千就跨出了房门，他听见颂莲在后面幽幽地说，老天，这日子让我怎么过？陈佐千回过头回敬她说，随你怎么过，你喜欢怎么过就怎么过，就是别再让用人吃草纸了。

一个被唤做宋妈的老女佣，来颂莲这儿伺候。据宋妈自己说，她在陈府里从十五岁干到现在，差不多大半辈子了，飞浦就是她抱大的，还有在外面读大学的大小姐，也是她抱大的。颂莲见她倚老卖老，有心开个玩笑，那么陈老爷也是你抱大的啰。宋妈也听不出来话里的味道，笑起来说，那可没有，不过我是亲眼见他娶了四房太太，娶毓如大太太的时候他才十九岁，胸前佩了一个大金片儿，大太太也佩了一个，足有半斤重啊。到娶卓云二太太，就换了个小金片儿，到娶梅珊三太太，就只是手上各戴几个戒指，到了娶你，就什么也没见着了，这陈家可见是一天不如一天了。颂莲说，既然陈家一天不如一天，你还在这儿干什么？宋妈叹口气说，在这里伺候惯了，回老家过清闲日子反而过不惯了。颂莲捂嘴一笑，她说，宋妈要是说的真心话，那这世上当真就有奴才命了。宋妈说，那还有假？人一生下来就有富贵命奴才命，你不信也得信呀，你看我天天伺候你，有一天即使天塌下来地陷下去，只要我们活着，就是我伺候你，不会是你伺候我的。

宋妈是个愚蠢而唠叨的女佣。颂莲对她不无厌恶，但是在许多穷极无聊的夜晚，她一个人枯坐灯下，时间长了就想找个人说话。颂莲把宋妈喊到房间里陪着她说话，一仆一主的谈话琐碎而缺乏意义，颂莲一会儿就又厌烦，她听着宋妈的唠叨，思想会跑到很远很奇怪的角落去，她其实不听宋妈说话，光是觉得老女佣黄白的嘴唇像虫卵似的蠕动，她觉得这样打发夜晚实在可笑，但又问自己，不这样又能怎么样呢？

有一回就说起了从前死在废井里的女人。宋妈说那最后一个是四十年前死的，是老太爷的小姨太太，说她还伺候过那个小姨太太半年的光景。颂莲说，怎么死的？宋妈神秘地眨眨眼睛，还不是男男女女的事情？家丑不可外扬，否则老爷要怪罪的。颂莲说，那么说我是外人了？好吧，别说了，你去睡吧。宋妈看看颂莲的脸色，又赔笑脸说，太太你真想听这些脏事？颂莲说，你说我就听，这有什么了不得的？宋妈就压低嗓门说，一个卖豆腐的！她跟一个卖豆腐的私通。颂莲淡淡地说，怎么会跟卖豆腐的呢？宋妈说，那男人豆腐做得很出名，厨子让他送豆腐来，两个人就撞上了。都是年轻血旺的，眉来眼去地就勾搭上了。颂莲说，谁先勾搭谁呀？宋妈嘻地一笑说，那只有鬼知道了，这先后的事说不清，都是男的咬女的，女的咬男的。颂莲又问，怎么知道他们私通的？宋妈说，探子！陈老爷养了探子呀。那姨太太说是头疼去看医生，老太爷要喊医生上门来，她不肯。老太爷就疑心了，派了探子去跟踪。也怪她谎撒得不圆。到了那卖豆腐的家里，挨到天黑也不出来。探子开始还不敢惊动，后来饿得难受，就上去把门一脚踹开了，说，你们不饿我还饿呢。宋妈说到这里就格格笑起来。颂莲看着宋妈笑得前仰后合的。她不笑，端坐着说了声，恶心。颂莲点了一支烟，猛吸了几口，忽然说，那么她是偷了男人才跳井的？宋妈的脸上又有了讳莫如深的表情，她轻声说，鬼知道呢，反正是死在井里了。

夜里颂莲因此就添了无名的恐惧，她不敢关灯睡觉。关上灯周围就黑得可怕，她似乎看见那口废井跳跃着从紫藤架下跳到她的窗前，看见那些苍白的泛着水光的手在窗户上向她张开，湿漉漉地摇晃着。

没人知道颂莲对废井传说的恐惧，但她晚上亮灯睡觉的事却让毓如知道了。毓如说了好几次，夜里不关灯，再厚的家底都会败光的。颂莲对此充耳不闻，她发现自己已经倦怠于女人间的嘴仗，她不想申辩，不想占上风，不想对鸡毛蒜皮的小事表示任何兴趣。她想的东西不着边际，漫无目的，连她自己也理不出头绪。她想没什么可说的干脆不说，陈家人后来却发现颂莲变得沉默寡言，他们推测那是因为她失宠于陈老爷的缘故。

眼看就要过年了，陈府上上下下一片忙碌，杀猪宰牛搬运年货。窗外天天是嘈杂混乱。颂莲独坐室内，忽然想起了自己的生日，自己的生日和陈佐千只相差五天，十二月十二。生日早已过去了，她才想起来，不由得心酸酸的，她掏钱让宋妈上街去买点卤菜，还要买一瓶四川烧酒。宋妈说，太太今天是怎么啦？颂莲说，你别管我，我想尝尝醉酒的滋味。然后她就找了一个小酒盅，放在桌上，人坐下来盯着那酒盅看，好像就看见了二十年前那个小女婴的样子，被陌生的母亲抱在怀里。其后的二十年时光却想不清晰，只有父亲浸泡在血水里的那只手，仍然想抬起来抚摩她的头发。颂莲闭上眼睛，然后脑子里又是一片空白，唯一清楚的就是生日这个概念。生日。她抓起酒盅看着杯底，杯底上有一点褐色的污迹，她自言自语，十二月十二，这么好记的日子怎么会忘掉的？除了她自己，世界上就没人知道十二月十二是颂莲的生日了。除了她自己，也不会有人来操办她的生日宴会了。

宋妈去了好久才回来，把一大包卤肺、卤肠放到桌上。颂莲说，你怎么买这些东西，脏兮兮的谁吃？宋妈很古怪地打量着颂莲，突然说，雁儿死了，死在医院里了。颂莲的心立刻哆嗦了一下，她镇定着自己，问，什么时候死的？宋妈说，不知道，光听说雁儿临死喊你的名字。颂莲的脸有些白，喊我的名字干什么？难道是我害死她的？宋妈说，你别生气呀，我是听人说了才告诉你。生死是天命，怪不着太太。颂莲又问，现在尸体呢？宋妈说，让她家里人抬回乡下去了，一家人哭哭啼啼的，好可怜。颂莲打开酒瓶，闻了闻酒气，淡淡地说了一句，也没什么多哭的，活着受苦，死了干净。死了比活着好。

颂莲一个人呷着烧酒，朦朦胧胧听见一阵熟悉的脚步声，门帘被哗地一掀，闯进来一个黑黝黝的男人。颂莲转过脸朝他望了半天，才认出来，竟然是大少爷飞浦。她急忙用台布把桌上的酒菜一古脑地全部盖上，不让飞浦看到，但飞浦还是看见了，他大叫，好啊，你居然在喝酒。颂莲说，你怎么就回来了？飞浦说，不死总要回家来的。飞浦多日不见变化很大，脸发黑了，人也粗壮了些，神色却显得很疲惫的样子。颂莲发现他的眼圈下青青的一轮，角膜上可见几缕血丝，这同他的父亲陈佐千如出一辙。

你怎么喝起酒来了，借酒浇愁吗？

愁是酒能消得掉的吗？我是自己在给自己祝寿。

你过生日？你多大了？

管它多大呢，活一天算一天。你要不要喝一杯？给我祝祝寿。

我喝一杯，祝你活到九十九。

胡诌。我才不想活那么长，这恭维话你对老爷说去。

那你想活多久呢？

看情况吧，什么时候不想活就不活了，这也简单。

那我再喝一杯，我让你活得长一点，你要死了那我在家里就找不到说话的人了。

两个人慢慢地呷着酒，又说起那笔烟草生意。飞浦自嘲地说，鸡飞蛋打，我哪里是做生意的料子，不光没赚到，还赔了好几千，不过这一圈玩得够开心的。颂莲说，你的日子已经够开心的了，哪有不开心的事？飞浦又说，你可别去告诉老爷，否则他又训人。颂莲说，我才懒得掺和你们家的事，再说，他现在见我就像见一块破抹布，看都不看一眼。我怎么会去向他说你的不是？

颂莲酒后说话时不再平静了，她话里的明显的感情倾向对着飞浦来的。飞浦当然有所察觉。飞浦的内心开放了许多柔软的花朵，他的脸现在又红又热，他从皮带扣上解下一个鲜艳的绘有龙凤图案的小荷包，递给颂莲。这是我从云南带回来的，给你做个生日礼物吧。颂莲瞥了一眼小荷包，诡谲地一笑说，只有女的送荷包给情郎，哪有反过来的道理呀？飞浦有点窘迫，突然从她手里夺回荷包说，你不要就还给我，本来也是别人送我的。颂莲说，好啊，虚情假意的，拿别人的信物来糊弄我，我要是拿了不脏了我的手？飞浦重新把荷包挂在皮带上，讪讪说，本来就没打算给你，骗骗你的。颂莲的脸就有点沉下来了，我是被骗惯了，谁都来骗我，你也来骗我玩儿。飞浦低下头，偶尔偷窥一下颂莲的表情，沉默不语了。颂莲突然又问，谁送的荷包，飞浦的膝盖上下抖了几下，说，那你就别问了。

两个人坐着很虚无地呷酒。颂莲把酒盅在手指间转着玩，她看见飞浦现在就坐在对面，他低下头，年轻的头发茂密乌黑，脖子刚劲傲慢地挺直，而一些暗蓝的血管在她的目光里微妙地颤动着。颂莲的心里很潮湿，一种陌生的欲望像风一样灌进身体，她觉得喘不过气来，意识中又出现了梅珊和医生的腿在麻将桌下交缠的画面。颂莲看见了自己修长姣好的双腿，它们像一道漫坡而下的细沙向下塌陷，它们温情而热烈地靠近目标。这是飞浦的脚，膝盖，还有腿，现在她准确地感受了它们的存在。颂莲的眼神迷离起来，她的嘴唇无力地启开，蠕动着。她听见空气中有一种物质碎裂的声音，或者这声音仅仅来自她的身体深处。飞浦抬起了头，他凝视颂莲的眼睛里有一种激情汹涌澎湃着，身体尤其是双脚却僵硬地维持原状。飞浦一动不动。颂莲闭上眼睛，她听见一粗一细两种呼吸紊乱不堪，她把双腿完全靠紧了飞浦，等待着什么发生。好像是许多年一下子过去了，飞浦缩回了膝盖，他像被击垮似的歪在椅背上，沙哑地说，这样不好。颂莲如梦初醒，她嗫嚅着，什么不好？飞浦把双手慢慢地举起来，作了一揖，不行，我还是怕。他说话时脸痛苦地扭曲了。我还是怕女人。女人太可怕。颂莲说，我听不懂你的话。飞浦就用手搓着脸说，颂莲我喜欢你，我不骗你。颂莲说，你喜欢我却这样待我。飞浦几乎是哽咽了，他摇着头，眼睛始终躲避着颂莲，我没法改变了，老天惩罚我，陈家世代男人都好女色，轮到我不行了，我从小就觉得女人可怕，我怕女人。特别是家里的女人都让我害怕。只有你我不怕，可是我还是不行，你懂吗？颂莲早已潸然泪下，她背过脸去，低低地说，我懂了，你也别解释了，现在我一点也不怪你，真的，一点也不怪你。

颂莲醉酒是在飞浦走了以后，她面色酡红，在房间里手舞足蹈、摔摔打打的。宋妈进来按她不住，只好去喊陈老爷陈佐千来。陈佐千一进屋就被颂莲抱住了，颂莲满嘴酒气，嘴里胡言乱语。陈佐千问宋妈，她怎么喝起酒来了？宋妈说我怎么会知道，她有心事能告诉我吗？陈佐千差宋妈去毓如那里取醒酒药，颂莲就叫起来，不准去，不准告诉那老巫婆。陈佐千很厌恶地把颂莲推到床上，看你这副疯样，不怕让人笑话。颂莲又跳起来，勾住陈佐千的脖子说，老爷今晚陪陪我，我没人疼，老爷疼疼我吧。陈佐千无可奈何地说，你这样我怎么敢疼你？疼你还不如疼条狗。

毓如听说颂莲醉酒就赶来了。毓如在门口念了几句阿弥陀佛，然后上来把颂莲和陈佐千拉开。她问陈佐千，给她灌药？陈佐千点点头。毓如想摁着颂莲往她嘴里塞药，被颂莲推了个趔趄。毓如就喊，你们都动手呀，给这个疯货点厉害。陈佐千和宋妈也上来架着颂莲，毓如刚把药灌下去，颂莲就啐出来，啐了毓如一脸。毓如说，老爷你怎么不管她？这疯货要翻天了。陈佐千拦腰抱住颂莲，颂莲却一下软瘫在他身上，嘴里说，老爷别走，今天你想干什么都行，舔也行，摸也行，干什么都依你，只要你别走。陈佐千气恼得说不出话，毓如听不下去，冲过来打了颂莲一记耳光，无耻的东西，老爷你把她宠成什么样子了！

南厢房闹成一锅粥，花园里有人跑过来看热闹。陈佐千让宋妈堵住门，不让人进来看热闹。毓如说，出了丑就出个够，还怕让人看？看她以后怎么见人？陈佐千说，你少插嘴，我看你也该灌点醒酒药。宋妈捂着嘴强忍住笑，走到门廊上去把门。看见好多人在窗外探头探脑的。宋妈看见大少爷飞浦把手插在裤袋里，慢慢地朝这里走。她正想让不让飞浦进去呢，飞浦转了个身，又往回走了。

下了头一场大雪，萧瑟荒凉的冬日花园被覆盖了兔绒般的积雪，树枝和屋檐都变得玲珑剔透、晶莹透明起来。陈家几个年幼的孩子早早跑到雪地上堆了雪人，然后就在颂莲的窗外跑来跑去追逐，打雪仗玩。颂莲还听见飞澜在雪地上摔倒后尖声啼哭的声音。还有刺眼的雪光泛在窗户上的色彩。还有吊钟永不衰弱的嘀嗒声。一切都是真切可感，但颂莲仿佛去了趟天国，她不相信自己活着，又将一如既往地度过一天的时光了。

夜里她看见了死者雁儿，死者雁儿是一个秃了头的女人，她看见雁儿在外面站着推她的窗户，一次一次地推。她一点不怕。她等着雁儿残忍的报复。她平静地躺着。她想窗户很快会被推开的。雁儿无声地走进来了，戴着一种头发套子，绾成有钱太太的圆髻。颂莲说，你上哪儿买的头发套子？雁儿说，在阎王爷那儿什么都有。然后颂莲就看见雁儿从髻后抽出一根长簪，朝她胸口刺过来。她感觉到一阵刺痛，人就飞速往黑暗深处坠落。她肯定自己死了，千真万确地死了，而且死了那么长时间，好像有几十年了。

颂莲披衣坐在床上，她不相信死是个梦。她看见锦缎被子上真的插了一根长簪，她把它摊在手心上，冰凉冰凉。这也是千真万确的，不是梦。那么，我怎么又活了呢，雁儿又跑到哪里去了呢？

颂莲发现窗子也一如梦中半掩着，从室外穿来的空气新鲜清冽，但颂莲辨别了窗户上雁儿残存的死亡气息。下雪了，世界就剩下一半了。另外一半看不见了，它被静静地抹去，也许这就是一场不彻底的死亡。颂莲想我为什么死到一半又停止了呢，真让人奇怪。另外的一半在哪里？

梅珊从北厢房出来，她穿了件黑貂皮大衣走过雪地，仪态万千容光焕发的美貌，改变了空气的颜色。

梅珊走过颂莲的窗前,说,女酒鬼,酒醒了?颂莲说,你出门?这么大的雪。梅珊拍了拍窗子,雪大怕什么?只要能快活,下刀子我也要出门。梅珊扭着腰肢走过去,颂莲不知怎么就朝她喊了一句,你要小心。梅珊回头对颂莲嫣然一笑,颂莲对此印象极深。事实上这也是颂莲最后一次看见梅珊迷人的笑靥。

梅珊是下午被两个家丁带回来的。卓云跟在后面,一边走一边嗑着瓜子。事情说到结果是最简单了,梅珊和医生在一家旅馆里被卓云堵在被窝里,卓云把梅珊的衣服全部扔到外面去,卓云说,你这臭婊子,你怎么跑得出我的手心?

这天颂莲看着梅珊出去又回来,一前一后却不是同一个梅珊。梅珊是被人拖回北厢房去的,梅珊披头散发,双目怒睁,骂着拖拽她的每一个人。她骂卓云说我活着要把你一刀一刀削了死了也要挖你的心喂狗吃。卓云一声不吭,只顾嗑着瓜子。飞澜手里抓着梅珊掉落的一只皮鞋,一路跑一路喊,鞋掉啰,鞋掉啰。颂莲没有看见陈佐千,陈佐千后来是一个人进北厢房去的,那时候北厢房已经被反锁上了。

颂莲无心去隔壁张望,她怀着异样沉重的心情谛听着梅珊的动静。她很想知道陈佐千会怎么处置梅珊。但是隔壁没有丝毫的动静。一个家丁守在门口,摇着一串钥匙,开锁,关锁。陈佐千又出来了,他站在那里朝花园雪景张望了一番,然后甩了甩手,朝南厢房里走过来。

好大的雪,瑞雪兆丰年呐。陈佐千说。陈佐千的脸比预想的要平静得多。颂莲甚至感觉到他的表现里有一种真实的轻松。颂莲倚在床上,直盯着陈佐千的眼睛,她从中另外看到了一丝寒光,这使她恐惧不安。颂莲说,你们会把梅珊怎么样?陈佐千掏出一根象牙牙签剔着牙,他说,我们能把她怎么样?她自己知道应该怎么样。颂莲说,你们放她一马吧。陈佐千笑了一声说,该怎么样就怎么样。

颂莲彻夜未眠,心乱如麻。她时刻谛听着隔壁的动静,心里想的都是自己的事情。每每想到自己,一切却又是一片空白,正好像窗外的雪,似有似无,有一半真实,另外一半却是融化的虚幻。到了午夜时分,颂莲忽然又听见了梅珊唱她的京戏,有点不相信自己的耳朵,屏息再听,真的是梅珊在受难夜里唱她的京戏。

  叹红颜薄命前生就
  美满姻缘付东流
  薄幸冤家音信无有

啼花泣月在暗里添愁

　　枕边泪呀共那阶前雨

　　隔着窗儿点滴不休

　　山上复有山

　　何日里大刀环

　　那欲化望夫石一片

　　要寄回文只字难

　　总有这角枕锦衾明似绮

　　只怕那孤眠不抵半床寒

　　整个夜里后花园的气氛很奇特，颂莲辗转难眠，后来又听见飞澜的哭叫声，似乎有人把他从北厢房抱走了。颂莲突然再也想不出梅珊的容貌，只是看见梅珊和医生在麻将桌下交缠着的四条腿，不断地在眼前晃动，又依稀觉得它们像纸片一样单薄，被风吹起来了。好可怜，颂莲自言自语着，听见院墙外响起了第一声鸡啼，鸡啼过后世界又是一片死寂。颂莲想我又要死了，雁儿又要来推窗户了。

　　颂莲迷迷糊糊半睡半醒着。这是凌晨时分，窗外一阵杂沓的脚步声惊动了颂莲，脚步声从北厢房朝紫藤架那里去。颂莲把窗帘掀开一条缝，看见黑暗中晃动着几个人影，有个人被他们抬着朝紫藤架那里去。

凭感觉颂莲知道那是梅珊，梅珊无声地挣扎着被抬着朝紫藤架那里去。梅珊的嘴被堵住了，喊不出声音。颂莲想他们要干什么，他们把梅珊抬到那里去想干什么。黑暗中的一群人走到了废井边，他们围在井边忙碌了一会儿，颂莲就听见一声沉闷的响声，好像井里溅出了很高很白的水珠。是一个人被扔到井里去了。是梅珊被扔到井里去了。

大概静默了两分钟，颂莲发出了那声惊心动魄的狂叫。陈佐千闯进屋子的时候看见她光着脚站在地上，拼命揪着自己的头发。颂莲一声声狂叫着，眼神黯淡无光，面容更是像一张白纸。陈佐千把她架到床上，他清楚地意识到这是颂莲的末日，她已经不是昔日那个女学生颂莲了。陈佐千把被子往她身上压，说，你看见了什么？你到底看见了什么？颂莲说，杀人。杀人。陈佐千说，胡说八道，你看见了什么？你什么也没有看见。你已经疯了。

第二天早晨，陈家花园爆出了两条惊人的新闻。从第二天早晨起，本地的人们，上至绅士淑女阶层，下至普通百姓，都在谈论陈家的事情，三太太梅珊含羞投井，四太太颂莲精神失常。人们普遍认为梅珊之死合情合理，奸夫淫妇从来没有好下场。但是好端端的年轻文静的四太太颂莲怎么就疯了呢，熟知陈家内情的人说，那也很简单，兔死狐悲罢了。

第二年春天，陈佐千陈老爷娶了第五位太太文竹。文竹初进陈府，经常看见一个女人在紫藤架下枯坐，有时候绕着废井一圈一圈地转，对着井中说话。文竹看她长得清秀脱俗，干干净净，不太像疯子，问边上的人说，她是谁？人家就告诉她，那是原先的四太太，脑子有毛病了。文竹说，她好奇怪，她跟井说什么话？人家就复述颂莲的话说，我不跳，我不跳，她说她不跳井。

颂莲说她不跳井。

1989年